TODAYS
pork noodles
mixed rice
Yulinchi
Mabo tofu
please
木薯
啤酒 烧酒
养乐多
板娘⇒花ちゃん
企画部
シン
TODAYS

SAKAMOTO DAYS
サカモトデイズ
SHIN

???
マスコット
キャラで
人気を高めよう
坂本商店
多店舗化計画
・コスト削減
・サービスの
・情報の一元

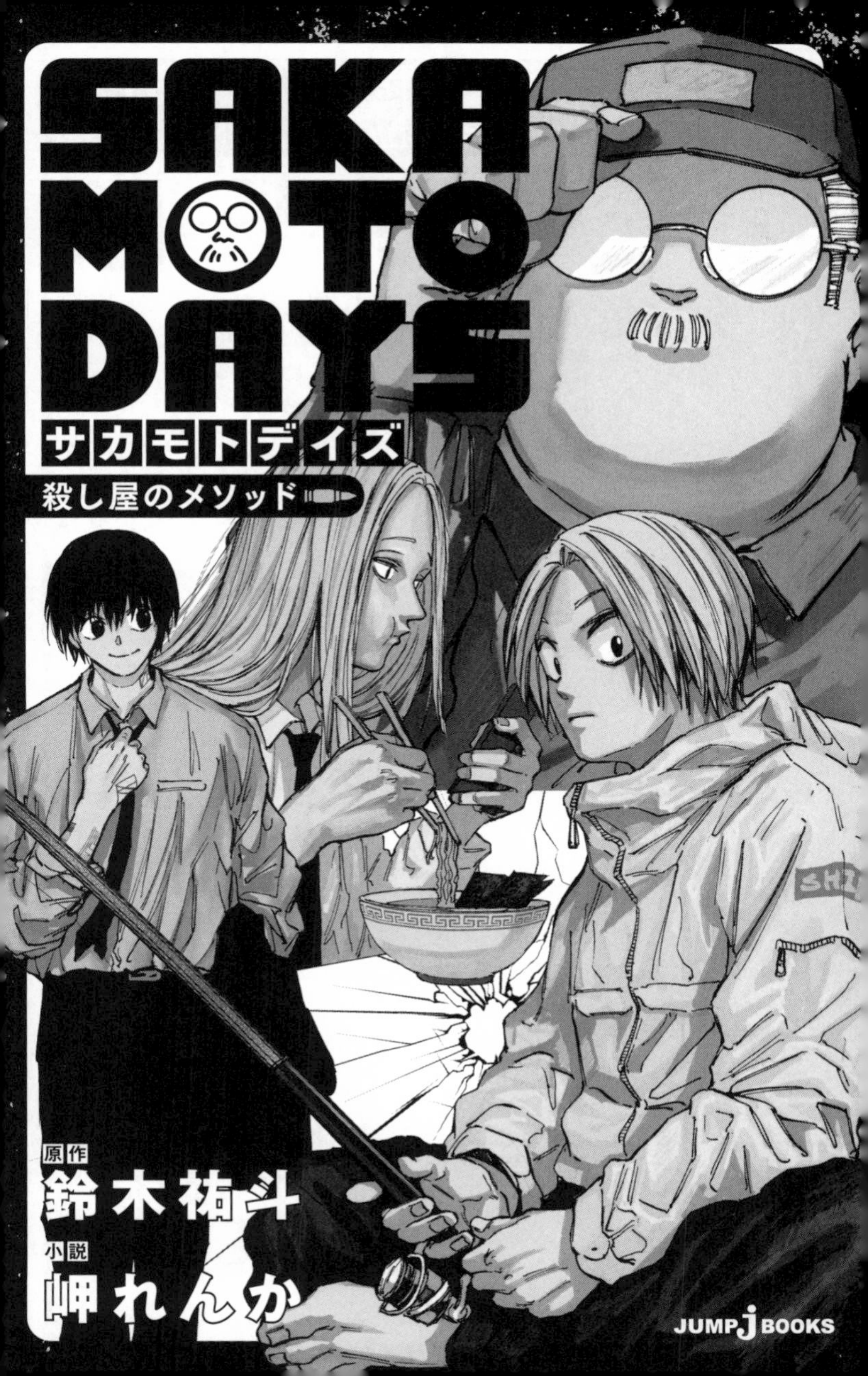
SAKAMOTO DAYS
サカモトデイズ
殺し屋のメソッド
原作
鈴木祐斗
小説
岬れんか
JUMP j BOOKS

SAKAMOTO DAYS サカモトデイズ

登《とう》場《じょう》人《じん》物《ぶつ》紹《しょう》介《かい》

坂《さか》本《もと》太《た》郎《ろう》

元最強の殺し屋。現在はのどかな町で個人商店「坂本商店」の店長をしている。無口で食いしん坊。かつてのスリムな体型からは一変し、ふくよかな見た目となったが暗殺術など殺し屋のスキルは健在である。妻と娘を何よりも愛している。元ORDER《オーダー》。

シン

坂本の昔の部下で、他人の心が読めるエスパー。坂本に助けられ商店の一員に。死線をくぐり抜け、“未来読み”の能力を得た。

陸《ルー》少《シャオ》糖《タン》

マフィアの娘。敵組織に両親を殺され追われていたところを坂本が救出。商店の一員に。お酒で酔っ払うと拳法の達人になる。

坂《さか》本《もと》葵《あおい》&《アンド》花《はな》

坂本の人生を変えた、大切な妻と娘。

【オーダー】
ORDER

殺連《サツレン》直属の特務部隊であり最高戦力。殺し屋界の秩序を保つ存在。

南雲《ナグモ》

坂本の殺し屋時代の同期。変装術の達人。

神々廻《シシバ》

関西弁のとぼけた男で、トンカチで戦う。

大佛《オサラギ》

華奢な見た目とは裏腹に、巨大な電動鋸を操る。

【スラーのそしき】
×の組織

殺連の殺し屋ばかりを狙う謎の組織。その全貌、目的は謎。

×《スラー》(有月《うづき》)

組織のボス。坂本と過去に因縁がある!?

楽《ガク》

一人で殺連支部を壊滅寸前にした、実力者。

鹿島《カシマ》

×を崇拝。人工骨格で不死身の体を持つ。

・・・・・ストーリー STORY

かつて、最強の殺し屋がいた――。その名は坂本《さかもと》太郎《たろう》。全ての悪党から恐れられ、全ての殺し屋から憧れられる存在だった彼はある日、恋をした!! 引退、結婚、娘の誕生、そして――坂本は太った!!

愛する妻・葵《あおい》と娘・花《はな》との平和な日々を守るため、今日もかつての部下・シンとともに坂本は暗躍する!

……そんな坂本&彼の周囲の人間がおくる日常と、ふつうの人間の日常が同じであるはずがない。

坂本家のキャンプではじまるシンと南雲《ナグモ》の釣り対決。ORDER《オーダー》の神々廻《シシバ》と大佛《オサラギ》の、ラーメン屋台食べ歩き、×《スラー》の腹心、鹿島《カシマ》のささやかな憩いの時。花《はな》から見た坂本家のある一日……。本編では描かれなかった日常が小説に!!

SAKAMOTO DAYS サカモトデイズ

CONTENTS

殺し屋
キャンプ

SAKAMOTO DAYS

六人は、秋の気配をまとう美しい山々に「おお～」と声を漏らした。

十月の山はもうかなり涼しくて、山頂からふもとにかけてグラデーション状の紅葉が楽しめた。

日差しに温かさはあるものの、時折吹く風は冷たい。

朝倉《あさくら》シンは羽織っていたウインドブレイカーのファスナーを首まで閉めた。

――やっぱこれにして正解だったな。

金髪《きんぱつ》によく似合うライムグリーンのウインドブレイカーは、今日のためにとシンが坂本商店のバイト代を貯《た》めて買ったものだ。

これなら快適に過ごせそうだと、シンは少し高くなった空を見上げて胸《むね》を躍らせた。

「坂本《さかもと》さん、とりあえず荷物全部下ろしちゃいますよ」

シンが声をかけたのは、坂本商店の店主――坂本太郎《たろう》である。

ぽよんと突き出たお腹《なか》。首との境目を見つけるのが難しいプルプルの顎《あご》。そのシルエットは、殺し屋時代とはまるで別人そのものだ。

変わらないことといえば、坂本が最強であることと、まん丸のメガネ。それから、彼が無口なことだろう。

シンの声掛けに、坂本は心の中でこう答えた。

『わかった。テントは俺が張る』

「了解ス」

頷《うなず》いて、すぐに行動を開始する。

シンが何故《なぜ》、坂本の考えていることがわかったかというと、それは彼が人の心を読めるエスパーだったから。そんな特殊な力を持つ彼もまた、坂本と同じ元・殺し屋だった。

変わった過去を持つ彼らだが、こうしていると、どこにでもいる普通のおじさんと青年のように見える。ことに、シンの楽し気な様子は、ただただキャンプを待ちわびていた若者らしさのようなものがあった。

「うおっ……これ、人気ブランドの最新のやつじゃないすか！　すげぇ」

「今回のためにって、奮発したのよ〜。ねぇ、あなた」

荷物を下ろすシンに、ニコニコ笑顔で答えたのは坂本の最愛の妻・葵《あおい》だ。

肩《かた》まである髪《かみ》をうなじの辺りでまとめ、彼女も準備に向けて気合十分という様子。

その横で眞霜平助《ましもへいすけ》に肩車をされながら元気な声をあげたのは、坂本と葵の娘・花《はな》だった。

「あのね、あのね、シュガーちゃんチェアもあるんだよ！」

「おお〜、マジか〜〜！　すげ〜人気のウサギなんだろ？　さすが太郎だぜ！」

シュガーちゃんとは、東京《とうきょう》シュガーパークという遊園地のマスコットキャラクターのことである。強くて太ったウサギという、ちょっと変わったキャラクターながら子供たちに大人気なのだとか。例にもれず花もお気に入りだ。

ちなみに、平助は今日の早朝、偶然ピー助《すけ》と一緒にお店の近くを散歩していたところ、出発間際のシンたちに遭遇。なんと、そのままキャンプに同行することに。

ちょっぴり間抜けだけど、ここぞというタイミングは外さない。そんなスナイパー・平助らしい話である。

完全手ぶら状態で加わった平助とピー助は、参加させてもらう代わりに新鮮な肉をハントしてくるぜと、大いに張り切っているようだった。

「店長太《ふと》っ腹《ぱら》ネ。はぁぁ、私も人型シュラフ買えばよかたヨ」

いまいちしまりのない声を出したのは、シンと同じく坂本商店でバイトをしている陸少《ルーシャオ》糖《タン》で、通称・ルー。彼女はなんと有名なマフィア一家の娘で、太極拳《たいきょくけん》の使い手。

お団子から伸びる長い三つ編みがいかにもチャイナ娘といった風情のルーは、シンにとっては手のかかる後輩のような妹のような存在だ。

今もぶーたれながらみんなを眺めているだけのルーに半ば呆《あき》れつつ、シンは憎まれ口をたたいた。

「オメーは普通の寝袋じゃ丸脱げするぐらい寝相悪いもんな」

「うるさいヨ。シンだって変な寝相だったヨ」

「はぁ？　てきとーなこと言ってんじゃねぇぞ」

「てきとーじゃないネ。私見たヨ。かっこつけたポーズで寝てたネ」

片手を頭の下に置いて眠るシン――などという映像をルーが頭の中に思い浮かべているのが、シンにはすぐにわかった。

「おいっ、変な想像すんな」

「そっちこそ、また勝手に人の心読んだネ⁉」

いつものことながら、すぐにやいのやいのと口喧嘩《くちげんか》がはじまってしまうシンとルー。

そんな中、シンの脳裏に再び坂本の心の声が飛び込んできた。

『シン、荷物、早く』

「ッス！　そっち持ってきます！」

シンはルーのことは放っといて、すぐに荷物運びを再開した。

シンとルーに平助とピー助、それから坂本一家の、六人と一羽で乗ってきた、レンタカーのミニバンから下ろしたキャンプ道具を坂本に渡していく。受け取った坂本は、ゆったり過ごすのにちょうど良さそうな木陰を見つけ、テキパキとテントを張り始めた。

憩来坂《イコライざか》の町から車でおよそ二時間半。

この日、シンたち一行は、とあるキャンプ場へとやって来た。

近くには渓流があり、広い敷地内には大きなアスレチックまで設置されているこのキャンプ場は、ずいぶん前にシンがネットで探し当てた穴場で、訪れるのは二回目である。

前に来た時はかなり暑い時季だったので、水上アスレチックを満喫し、「はな、おさかなつるの！」と気合十分の花と共に釣りを楽しみ、釣りたての魚を網焼きにしてかぶりついた。

坂本が釣り上げた魚の大きさといったらもう、ビックリしたルーの目玉が飛び出そうなほどだったのを覚えている。

そして今回、シンはウインドブレーカーと同じく一生懸命貯めたバイト代で釣り道具を新調し、さらに心に決めていた。

今日は自分が大物を釣って、今夜のバーベキューを豪華にすると……！

しかも、シンは釣り堀ではなく渓流釣りにチャレンジするつもりでいた。

――ハードルは高いけど、むしろ腕《うで》が鳴るってもんだぜ。

この日のためにと、シンは絶好の釣りポイントを調べてあった。

――見ててくださいよ、坂本さん！　最高の食材をゲットしてみせますからね！

平助が肉を狩ってくる気でいることもあり、ますますシンの意欲は高まっていた。

そうと決まれば、まずはもろもろの準備をしなければ。

テントまわりは坂本が一手に引き受け、平助はピー助と一緒に早速狩りへ。

ということで、シンはルーを伴って薪《たきぎ》拾いへと向かうことにした。


「おいルー、だらけてねぇでマジメに拾えよ」

「ちゃんと拾ってるヨ。お前の目は節穴ネ」

そう言って広げたルーの手の平には、「爪楊枝《つまようじ》か！」とツッコミたくなるほどの小さな枝が数本載っかっているだけだった。

「んなちっせー枝ばっか拾ってもラチがあかねーってってんだよ！　もっとこういう、立派な枝を探せよな。ほら、よく見ろ。全然ちげーだろ」

自信満々なシンの足元には、こんもりと枯れ枝の山が築き上げられている。

「それだけあればもう十分ネ」

「足んねーよ。これじゃすぐなくなっちまう。少なくとも倍……いや三倍はいるな」

真剣な顔のシンに、ルーがうんと嫌そうな声を漏らす。

「え～～～」

「えーじゃねェよ。これがなきゃバーベキューだってできねェーんだからな」

「途中で薪《まき》くらい買えばよかったのに」

ルーは思いっきりブスっとしていた。

キャンプ場に来るまでの道中、いくつかのお店で薪を売っていたのを見たからだ。

一束せいぜい五百円。薪拾いなんて苦労をしなくても実は入手は簡単だった。

そうしなかったのはシンがこだわりなんてものを発揮してしまったからである。

「現地で調達できるものはできるだけ現地で集める！　それがキャンプのだいご味なんだよ。坂本さんと野営の訓練してた頃だって――」

「殺し屋時代の特訓と一緒にしないでほしいネ」

ますます仏頂面になるルー。

これは訓練でもなんでもなく、坂本一家とのキャンプ旅行なわけで。

ルーは早いところ遊びたくて仕方がなかったのである。

――くそ。こんなことならコイツの言う通り買ってくりゃ良かったぜ。

一向に進まない薪拾いに、シンは少しだけ焦っていた。

シンとしても、一刻も早くこの作業を終えて釣りに行きたいのだ。

「とにかく、うまいキャンプ飯のためなんだから協力しろ」

「でも、もうこの辺の枯れ枝は取り尽くしたヨ。こうなったら木を切るしかないネ！」

「ダメに決まってんだろ。もうちょっと奥まで行くぞ」

「へいへい。わかったヨ」

心の中で『シンは変なとこ張り切るからめんどくさいネ』と文句を垂れるルーの尻《しり》を叩《たた》きつつ、シンはさらに森の奥へと足を進めた。

遊歩道から外れて、赤や黄に色づく木々の間を分け入っていく。

五分もすると密になって生える木に光が遮られ、何やら薄暗さが目立ってきた。

「なんか暗くて不気味ネ。こんな奥まで入って大丈夫カ？」

「こんぐらい問題ねーよ」

「でも、ジメジメしてて……なんか出そーヨ」

「なんかってなんだよ」

ルーはいやに神妙な面持ちになった。

「キャンプ場に訪れたワカモノを狙う怪物とか、そういうやつネ」

「ホラー映画かよ」

確かに、海外のB級ホラーにでも出てきそうな風情ではある。

風が吹くたび、ザワザワと音が響いて不気味さに拍車がかかった。それ以上に、何度も驚いて声を上げるルーの声がうるさくて仕方がなかった。

「クマとかオオカミが出たらどうするネ！」

「狼《おおかみ》はとっくに絶滅してるっつーの。熊だって、んなほいほい出てきやしねぇって」

ガサッ。

「ひっ⁉」

どこからともなく聞こえてきた怪しい音に、ビビってシンにへばりつくルー。

「いいいい、今の音は何ネ！」

「でけー声出すな」

「まさかホントに怪物ネ⁉」

青ざめたルーの目に涙がたまっている。

シンは、そんなバカなと鼻で笑った。

「んなわけねーだろ。ひっぱんな」

「じゃあクマかもしれないネ⁉　エサにされる前に倒すしかないヨ！」

と、青ざめた顔で、どこに隠し持っていたのかフィッシングバッグを取り出すルー。

それを見て、今度はシンが青ざめた。

「おいっ、なんでオメーがそれ持ってんだよ⁉」

「シンがウキウキしながら車に積んでるの、私見たヨ。ナタとか、なんかブッソウな道具ダロ？　こんなこともあろうかと持ってきてやったネ！」

「って、勝手に開けんな！」

道具なのには違いないが、それは貯金をはたいて買った釣り道具。

こんなところで振り回されでもしたら最悪だ。

そう思っていたら、案の定、ルーは。

「なんだコレ！　こんな細い棒じゃ戦えないヨ！」

「棒じゃねぇ！　ロッドだ！　竿《さお》を伸ばして振り回すな！　壊れんだろ！」

「うわあぁ——ん！　私、食われるの嫌ヨ——————ッ」

「わかったから釣り竿を返せ！　あと静かにしろっ！」

ギャアギャアわめくルーの口を塞いだところで、再び物音がした。

同時に、確かに何かが近づいてくるような気配を感じた。

——けど、殺気はねぇな。

どうせ小動物あたりだろうなと思うシン。

そこへ、びゅっと何かが飛び出してくる。

一瞬だけ身構えるシンと、ビクリと身体《からだ》を震わせるルー。

二人の目の前に現れたのは、案の定、ただのリスで。

「なぁんだ……リスだたか。ビックリしたネ〜」

「こんなことだろうと思ったぜ。ほら、とっとと薪拾いに戻んぞ」

はずみでルーが落としていた釣り竿を拾いあげ、ようやくシンは安堵《あんど》のため息をついた。

すっかり緊張もほどけて、二人はリスが飛び出してきた茂みに背を向けた――次の瞬間である。

フッと、覆いかぶさるように落ちる影。

――ん？

同時に振り返ったシンとルーが目にしたのは、茂みの間から覗《のぞ》く大きな体で――？

「ッッッ！」

「ヤ――――ッ！」

「がお〜っ」

悲鳴を飲み込んだシンと泡を吹いたルーは、しかし相手と目が合うとハタと我に返ることとなった。

そこに知ってる顔があったからだ。

「な、なんでてめぇが……！」

「ここにいるネ！」

「あははは、驚いた？　僕でした～」

影の正体は、なんと南雲《ナグモ》だったのである。

日本《にほん》殺し屋連盟——通称・殺連《サツレン》の特務部隊であるORDER《オーダー》に所属し、坂本とも旧知の仲だという南雲は、強くて油断ならない男で。シンとルーにとってはちょっとした天敵のような存在だった。

「びっくりした～？　びっくりしたよね～。二人とも、固まってたもんね～」

「きぃいいいい！　相変わらず悪シュミなやつネ！」

「普通に出てこれねーのかよっ！」

「あはは、ごめんね～」

シンとルーが南雲をボカスカと殴ったのは言うまでもなく、けれど南雲は痛そうな顔ひとつしなかった。

「へえ、なんか楽しそうだね。僕も交ぜてもらっちゃおうかな」

ブクブク
プルプル

突然現れた南雲を連れて、坂本たちの元へと戻ったシンとルー。

ちょうど坂本は葵&花の手伝いの下に、テントを張り終えたところだった。

それを見た南雲が開口一番言ったのが、先ほどの言葉である。

当然ながら、シンとルーはそれはもうめちゃくちゃ渋い顔をした。

坂本もさすがに怪訝《けげん》そうにしている。

「あれ、君たちなんでそんな顔してるの？　苦虫でも嚙《か》みつぶしちゃった？」

「南雲、お前……ここに何しに来た」

「もちろん、遊びにだよ～」

笑顔がいかにも怪しい。

というか南雲が一人、こんなキャンプ場まで遊びに来るわけがない。

墨で染めたような黒のスーツに白シャツという、普段通りの服装がキャンプ場に不似合いすぎた。いつもの鞄《かばん》から察するに、任務絡みなのは間違いないはずだ。

「面倒を起こすなら、帰れ」

「ごめんごめん、本当は任務でさ～」

つまり、誰かを殺してきた帰りということだろうか。

「いや～、まいったよね。こんな山奥まで駆り出されてさ～。だから坂本くんたちに会ったのは、本当に偶然だよ」

「だったら、とっとと帰ればいいネ」

ニコニコ顔の南雲を、ルーがじろりと睨《にら》みつける。

「え〜、でも疲れちゃったし〜」

「お前でも疲れることとかあんのかよ」

「二人ともひどいな〜。僕だって血の通った人間だよ？」

などと言いながら、南雲の笑い顔はちっとも変わらない。

「とにかく私、反対ヨ。コイツがいるとろくなことないネ」

「だな」

「ひどいな〜」

やたらと食い下がるあたりがますます怪しく、シンとルーは完全に警戒していた。

せっかくのキャンプなのにちょっぴり険悪なムードが流れてしまう。

その空気を一変させたのは花のとびきり明るい声だった。

「シンくん、ルーちゃん、おともだちとは、なかよくだよ！」

「こいつは友達なんかじゃないネ！」

「え〜、そうなの？　僕悲しいな〜」

「笑いながら言ってんじゃねェーよ！」

「坂本くん、一緒にいてもいいよねー？」

南雲に助け（？）を求められて、坂本がじっと何かを考える。

「…………」

「パパ、仲間ハズレはダメでしょ？　ね？」

花の大きな瞳《ひとみ》に見つめられると、坂本はすぐさま宣言した。

「キャンプは、みんなで。南雲もいればいい」

「坂本さん⁉」

「店長ォ！」

「はいはい、シン君もルーちゃんも、そこまでね。いいじゃないたまには」

なんだか納得のいかないシンたちだったけれど、葵にまでそう言われるとこれ以上反論もできなくて。

「わかりましたよ。けど……邪魔だけはすんなよ」

「わかってるよー」

「あと、ここにいる間は、人殺しはダメ。絶対」

「は～～い。わかってるよ、坂本くん」

──コイツ、ほんとにわかってんのかよ。

南雲が笑顔になればなるほど、信用できなさが増すと思うシンだった。

とはいえ、坂本が一緒にと言った以上は覚悟を決めるしかない。

シンは気持ちを入れ替えることにした。

何しろここからは待ちに待った釣りタイムである。

ちなみに坂本たちは、花たっての希望でアスレチック完全攻略に挑戦する予定になっている。前回キャンプ場を訪れた時からリニューアルされたらしく、さらに難易度が上がったとかで、花が非常にワクワクしているのだと出発前に聞いていた。

ルーも「一緒に綱のぼりするネ」と言っていたので、坂本たちに同行するはずだ。

シンは、一人渓流へと向かうつもりでいた。

──待っててくださいよ。バーベキューのためにデカい魚を釣ってきますから！

いよいよこの時がやってきたのだと、シンのウキウキは止まらなかった。

ところが──。

目的の渓流へやってくるなり、シンの全力の叫びがこだました。

「なんでテメェがついて来てんだよ！」

「あれ？　坂本くんの話聞いてなかったの？　僕は僕で自分の食材は釣ってこいって言われちゃってさ～」

「いや聞いてたけど！」

「じゃ、問題ないね～」

――いや、ある！　ありすぎる！

南雲と二人で仲良く（？）釣りなんて、考えられるわけがない！

いや別に「仲良く」と言われたわけではないのだから放っておけばいいのかもしれないが、どうしても南雲の存在が気になってしまう。

シンの様子などおかまいなしに南雲は続けた。

「それ、さっきの釣り竿？　新品だね。わざわざ買ってきたんだ～。借りよっかな」

「人の話聞いてんのかよ！　あと、誰が貸すか！」

「君って案外ケチなんだね」

「ケ……ッ!?」

なんて小憎たらしいことを言うのだろうか。

シンは早くもはらわたが煮えくり返りそうな気分だった。

けれど、どれだけ言い返したところで南雲にはてんで響かないことも、シンは十分知っていた。

本当に、南雲は何を考えているのかさっぱりわからない「食えないヤロー」なのだ。

シンは、ぐっとこらえて言った。

「これは俺が今日のために用意してきたもんだ。テメェに貸す義理はねぇ。そもそも、そっちはそっちで管理小屋から借りてきた道具があんだろ」

釣り堀を併設するキャンプ場なので、道具も頼めば一式借りることができるのだ。ただし、ちょっと古いタイプの釣り竿しか置いてないのが残念なところである。

「もしかして君ってさぁ、道具に頼って仕事するタイプ？」

「は？」

「そっか〜、そういうタイプか〜。ならしょうがないね。最新のいい道具を使ってれば、任務も完璧とか思ってそうだよね」

聞き捨てならない言葉の数々に、シンは眉《まゆ》をピクリと動かした。

「待て、おい。今釣りの話だろ」

「一事が万事って言うじゃん？　坂本くんなら道具にこだわらないだろうけど」

――コイツ……ッ！

シンは葛藤した。

そこまで言われて道具にこだわるのは、なんだかダサい気がする。

実際、坂本ならば道具どころか素手でも魚を仕留めることが可能だろう。

だからといって軽々《かるがる》渡したくもない。だってこの日のためにと、選びに選んだ釣り竿だ。

自分で使いたいのは当然じゃないか。

「いいんじゃない？　道具に頼るのは悪いことじゃないだろうからさ」

なおも続く南雲の言葉に、シンはムッとして言い返した。

「……別に、頼ってるわけじゃねえ」

「へえ？　じゃあ、どっちの釣り竿を使っても問題ないってこと？」

「あたりめーだろ。あんま舐《な》めんなよ」

「なら僕がそっちを使ってもいいってことだよね？」

「っ……好きにしろ！」

ここまでコケにされるいわれはないと、おろしたての釣り竿を手渡そうとしたところで、
シンはハッとした。

「お前……うまいこと言って結局こっち使いたいだけだろ」

「あ、バレちゃった？　もうちょっとだったのにな～」

まったく油断も隙もない男である。

――コイツの挑発に乗ると、ろくなことにはならねぇな。

南雲のペースに巻き込まれると厄介《やっかい》なのは嫌というほどわかったので、シンは半ば無視して釣りに没頭することにした。

しかし、である。

「ここってさ～、結構流れ速いポイントだよね～。もっと別のとこ狙ったほうがいいんじゃないのかな～」

シンが実際に釣りを始めて数分と経たず、南雲はしゃべりかけてきた。

「意外とこういう場所に魚が隠れてんだよ」

「なんだか素人が言いそうなセリフだねー」

「っ……そうかよ」

「釣りってさ～、時間が経つのが遅いよね～。じっと待ってるばっかりだからかな～。今度神々廻《シシバ》に勧めてみよ～かな。なんか好きそう！」

――コイツは、さっきからべらべらどうでもいいことばっかり……。

魚が食いつくまでの時間を、静かにじっくり待つのが釣りの味わい深さだというのに。

南雲の口は止まらなかった。

なんだかもう、風情が全部台無しだ。

さらに。

「あっ、君の釣り竿、糸引いてない？　大物かかってるかも！」

「マジか！」

うっかり反応してしまったシンだが、釣り竿はピクリともしておらず。

「嘘《うそ》じゃねーかよっ！」

「あはは、君、ぼ〜っとしすぎでしょ〜。そんなんじゃすぐ殺されちゃうよ〜？」

南雲のいかにも楽しそうな笑い声に、ますますシンの苛立《いらだ》ちが募った。

「釣りの時くらい、ぼーっとしちゃ悪いのかよ」

「命を狙われてるのに？」

「はぁ？」

「もしかして気づかなかった？　さっきから、ほら……」

瞬時に南雲から笑顔が消えて、シンの心臓《しんぞう》がドクリと鳴った。

――まさか……こんなキャンプ場にまで坂本さんを狙う刺客が……？

咄嗟《とっさ》に臨戦態勢を取り、周囲に視線を巡らせた……が。

「な〜んて、冗談でした〜」

「はぁぁぁぁぁ？」

たまらず声をあげるシン。

対する南雲は、悪びれた様子などこれっぽっちも見せなかった。

「こういう緊張感があったほうがいいかな～と思ってさ～」

「いいからテメェは黙って釣りに専念しろよ！」

「え～やだよ、めんどくさい～」

――坂本さんから自分の分は自分でって言われたんじゃねぇのかよ。

もはや呆れてため息も出てこない。

「言っとくけど、俺の釣った魚はやらねーからな」

「何か言った？」

――って、いつの間にか釣りあげてるし！

驚きを隠せず、シンがパチパチと瞬《まばた》きを繰り返す。

視線の先では、南雲が二十センチはありそうな魚を釣り針から外していた。

「僕のが先に釣れちゃったね」

「っっ……そりゃあ、よかった、な！」

「あはは、なんかごめんね～」

本当に憎たらしい男である。

――ったく、マジでつかめねーヤツだぜ。

シンは極力平静を保ちつつ、南雲を観察した。

南雲は一見完全にリラックスしていて、殺しとは無縁そうな空気をまとっている。

ちょっと不意をつけば勝てるのでは？　と思ってしまうような空気だ。

もちろん、シンには南雲をどうにかしようなんて考えはないわけだが。

とにかく、南雲の佇《たたず》まいはとても自然だった。

シンが南雲について知っていることはほとんどないが、その表現が一番しっくりくる気がした。

――いったい、どういうやつなんだ……？　本当のところは。

あらためて気になった。

同時に、これはまたとないチャンスなのかもしれないとも考えた。

――この機に南雲を見極めるのも、ありかもしれねぇ。

そう思えたのだ。

「そんなに見られたら穴が空いちゃうよ～」

――くそ。見すぎたか。

「それとも喧嘩売ってるとか？」

「んなことするかよ」

今の自分では到底南雲に敵《かな》うわけもないことをシンは理解していた。

ふいに、南雲が押し黙った。

すると急に、水の流れや、鳥の羽ばたきや、葉が擦《こす》れるザワザワとした音がやたらと大きく聞こえてきて、妙な緊張が辺りに立ち込める。

——急にどうしたんだ？

居心地の悪さに、そっと南雲を盗み見る。

すると南雲は、何やら遠い目をしていて。

「なんか、思い出しちゃったなぁ」

先ほどまでの、どこか人を小バカにしたような表情は消え、南雲はやけに穏やかな顔で語り始めた。

「ＪＣＣ《ジェーシーシー》時代にさ、坂本くんと二人で山ごもりしたことがあったんだよね」

恐らく演習の類いだろう。

南雲は続けた。

「待ったなしのサバイバルでさ〜、一歩間違えれば死人が出るようなやつね」

「……いかにもだな」

ＪＣＣに通わず殺し屋となったシンは詳しい実態を知らない。が、殺し屋養成機関の授業なんて、過酷のオンパレードなのだろうと予想はできた。

かくいうシンも、坂本とバディを組んでいた時代に厳しい野営の経験がある。

南雲が言うくらいだから相当大変なサバイバルだったんだろうと、シンは想像した。

「あの時も、こうやって坂本くんと並んで二人で釣りをしたんだよね」

「そうなのか」

「坂本くんは釣りの腕もやたらよくてさ～」

――その頃から……さすが坂本さんだぜ。

「けど、ある時釣りあげた魚を狙って、熊が襲いかかってきちゃってさ」

そういえば前に、動物とは訓練でひと通り戦ってきたと坂本が言っていたなと思い出す。

「坂本さんなら、熊くらいひと捻《ひね》りだろうけどな」

「それがその時はそうでもなかったんだよね」

「……そうなのか？」

ここまで適当に話を聞いていたシンは、思わず体ごと南雲のほうを向いていた。南雲は、どこか懐かしそうな顔をして小さく笑っていた。

「あの時は僕も坂本くんもまだ若かったからね〜。知らない？　坂本くんの腰からお尻にかけて熊にやられた爪《つめ》の痕があるの。僕を庇《かば》ったせいでね」

「爪の痕……？」

——んなもんあったか？　見たことねぇけど……。

シンは無意識に、坂本のわがままボディ・背中バージョンを思い浮かべた。

「実は僕にもあるんだよね。同じ傷。一緒に負ったやつ。あの時、結局二人してやられちゃったから」

「……マジかよ」

「今でも時々、痛くなるんだ。でも、そのたびに思い出すよ。ああ、この傷が僕と坂本くんを強くしてくれたんだって」

バディを組んでいたのに、まったく知らなかったことが何やら悔しくなるシン。

そんな中、

「なんの話だ？」

と、折よく坂本がやってきた。心配して様子を見に来てくれたようだ。

「今ね〜、君との思い出話をしてたんだ！　ほら、熊にやられた傷の話！」

「俺知らなかったッス。坂本さんにそんな古傷があったなんて」

ついつい拗《す》ねたような口調になってしまう。

坂本はいったいなんと言うのだろうかと考えていると、心の声が聞こえてきた。

『ない』

「は？」

『南雲と一緒に熊と戦ったことも、やられた傷も、ない』

思わぬ返答にシンはポカンと口を開けた。

その直後。

「はぁあああああっ⁉　全部嘘かよっっ」

「あははは、すっかり騙《だま》されちゃったね〜」

「ふざけんな！　なんかちょっとしんみりしちゃったじゃねぇかよ！」

「だって退屈なんだもん」

「だからって俺で遊んでんじゃねぇッ」

烈火のごとく怒るシンを前に、南雲はいつも通り笑うばかり。

それがまたシンの怒りに火をつけた。

「だいたい、テメェがうるせぇから、こっちはちっとも魚が釣れてねぇーんだぞ！　邪魔すんなら、帰れよ」

「え〜、僕のせいなの〜？　釣れないのは自分の腕が悪いからじゃない？」

そう言われると、言い返せないのも事実である。

シンはギリギリと奥歯を噛みしめた。

「あれ、シンくんとパパたちどうしたの？」

一気にピリピリした空気になったところへ、花たちもやってきた。

きょとんとする花の隣で、葵はすぐに顔色を変えた。

「なぁに？　まさか喧嘩じゃないでしょうね？」

「どうせ南雲がまたなんか言ったに違いないネ」

「ケンカはダメなんだよ！　なかよし、しなきゃ」

どこか真剣な顔つきの花に、ここぞとばかりに南雲が言う。

「僕、シンくんに嫌われてるみたいでさぁ」

「おいっ、自分が被害者みたいに言ってんじゃねぇっ」

「わるいことしたらね、ごめんねしようねって、先生が言ってた！」

花が自分に向けて言っているのがわかって、シンはちょっぴりショックを受けた。

そこへさらに追い打ちをかける南雲。

「ほら、こう言ってるよ？」

「なんで俺が謝るほうなんだよ！」

「ちょっと、やっぱり喧嘩なの？」

「いや、喧嘩っつーか、その……」

キリッと鋭い目をする葵を前に、シンの勢いがみるみる萎《しぼ》んでいく。

葵が怒ると怖いことを、シンもよく知っていた。

「もう、ハッキリしないわね！　やるなら堂々やりあって決着つけたらいいじゃない！」

てっきり、今すぐ喧嘩はやめなさいと怒られるかと思ったのに。

葵の意外な発言に、思わずシンは「へ？」と間抜けな声を出していた。

すると坂本もすぐに同意して。

「勝負すればいい。釣りで」

——え。

なんでそうなるのかと、その場に固まるシン。

「しょうぶ⁉　しょうぶは、わるくないんだよね！　ハナも学校でしょうぶするよ！」

——ドッジボールとか、サッカーとか、そういうやつな。

「いい機会ネ！　シン、そいつをコテンパンにやっつけるヨ！」

——こいつは……他人事《ひとごと》だと思いやがって！

「男同士の真剣勝負ね！」

――なんでちょっと楽しそうなんスか、葵さん。

みんなの、なんとも言えない能天気な言葉に戸惑いが隠せない。

だけど。

「ま、僕はどっちでもいいけどね～」

――なんだそれ。余裕かよ！

南雲のニコニコ笑顔がダメ押しとなり、シンは腹をくくった。

「わかった。受けて立ってやるよ！」

こうして、あれよあれよと南雲との釣り勝負をすることになったシン。

なんとしてでも大物を釣り上げて、南雲にぎゃふんと言わせてやると決意した。


二人の釣り勝負はすぐに始まった。

ルールは単純。制限時間内にどちらがより多く魚を釣れるかである。

「釣り方は問わないってことでいいんだよね？」

南雲の質問に、坂本がコクリと頷いた。

もちろん、釣りのポイントも自分で決めて良く、それこそが今回の勝敗を分けるポイントになるだろうとシンは考えていた。
それが甘い考えだったとわかったのは、勝負開始の合図を聞いた直後のことである。
「それじゃ、またあとでね～」
「え？　はっ⁉」
――き、消えた……⁉
何を考えているのか、南雲は煙のように消えてしまった。
森のどこかに潜むつもりだろうが、その行動はどうにも不可解だった。
――釣りのポイントを知られないためか？
それは一理あるように思えた。
が、場所を知られただけでは、どうってこともない気もする。
なんとも言えず嫌な予感がしたところで、坂本の心の声が聞こえてきた。
『シン……釣っても、気を抜くな』
「え？　あ、はい」
反射的に返事をしてから、シンは坂本の言葉の意味に気がついた。
――釣り方は、問わないって……妨害も横取りもありってことか！
少なくとも、南雲はそう考えているのだろう。

それはもう〝釣り勝負〟と言えるのだろうか？

そんな疑問が過《よぎ》るシンだが、今さらルール変更なんてできやしない。

最初に確認しなかった自分が悪いのだ。

――今さらちょっと待ったはダセェしな。

それならそれで受けて立ってやる。シンは気合を入れ直した。


シンが釣りのポイントに選んだのは、大きな岩がゴロゴロしているような場所だった。

一見すると、もっと流れが穏やかな場所のほうがよさそうに思えるが、実は魚がたくさん隠れている場所である。

思った通り、良く釣れた。

前に坂本が釣り上げたものほどではないが、なかなかの大物もいる。

ポイントに腰を落ち着けてから約一時間が経過していた。

――そろそろ警戒が必要……だよな。

勝敗は、テントで待つ坂本たちの元へ釣果を届けて初めて決まるのである。

釣った魚は絶対に守らなければならない。

制限時間も迫ってきていた。

そろそろ切り上げて、南雲に見つからないよう戻るべきかそれともまだ粘るべきか。

——あいつが襲ってくるなんて俺の思い過ごしで、実はマジメに釣りをしてるって可能性もあるけどな……。

自分の考えに、シンはすぐさまブンブンと首を横に振った。

南雲なら、当たり前に魚を釣った上でこちらの魚も奪い取り、完全勝利を目論《もくろ》む……なんて暴挙に出ないとも限らないではないか。

——やっぱ、もう戻ったほうがいいな。

荷物をまとめてクーラーボックスを肩にかけたところで、声が聞こえてきた。

「おお〜い、シン〜」

片手を大きく振って、ルーがこちらへやってくる。

やたらとニコニコしているが……いったいなんの用だというのか。

「お前……何しに来たんだ？」

「何しにって、私、店長に言われて手伝いに来たヨ」

いい頃あいだからと、荷物持ちに行くよう頼まれたのだとルーは言った。

「どれくらい釣れたネ？」

「まあ、悪くはねぇと思うぜ」

「へえ～、そうなのカ。じゃあきっと重いネ！　私、クーラーボックス持つヨ」

「いやいい、これは俺が持って帰る」

「でも、シンは疲れてるダロ？　だから――」

と、ルーが伸ばした手を、シンは思いっきり叩き落とした。

「いたぁ！　何するネ！　せっかく手伝う言ってるのに！」

「それはこっちのセリフだぜ。こんな簡単に横取りされてたまっかよ！」

「はぁ？　横取りて、なんの話ヨ」

思惑を通り越して呆れた様子のルーに、シンは声を張り上げた。

「とっくにバレてんだよ！　テメェがルーじゃねぇってことはな！」

「なんのことネ？」

ルーは眉を八の字にしてこちらを見ているが。

「白々《しらじら》しい演技してんじゃねぇよ」

「ひどいヨ。仲間を信じられないのカ！」

などと口走った次の瞬間、ルーの姿はパッと南雲に戻っていた。

「な～んちゃって。とっくにバレてたのか～。騙されてくれると思ったのに」

「バカにしてんじゃねぇぞ」

「あはは、ごめんごめん。さすがに見くびってた？　でもなんでわかったの？」

「へっ。ルーはな、いつもはもっと思考がダダ洩《も》れなんだよ！」

ついでに言えば、重い荷物を率先して持とうとするのもルーらしくなかったけど。

「なるほどね。それは盲点だったかも」

南雲はいつもの調子でヘラヘラ笑っているが、シンは一切気が抜けなかった。

「さてと、それじゃソレ――もらっちゃお～かな♪」

「させるかよ」

「いいの？　そんなこと言って……殺されても知らないよ？」

その言葉で、一気に辺りの空気が冷たくなる。

もはや吐きそうなほどの圧迫感であるが、シンにはそれが「わざと向けられた殺気まがいの代物《しろもの》」であることもしっかりわかっていた。

「テメェに俺は殺せねぇ」

「わぁお、殺し屋漫画のモブみたいなセリフだね！」

「そういうんじゃねぇよ」

「え？　何が違うの？」

きょとんとした顔で南雲が小首をかしげていた。

まったく、どうせわかっているくせに。どこまで白々しい男なのか。

「最初に坂本さんと約束してたからな！　ここでは人殺しはダメ、絶対ってよ！」

その言葉と同時に、シンは走り出した。

「あははは、確かにね〜」

南雲の横をバカ正直に走り抜けるなんて芸当はさすがにできるわけもなく、背後の渓流へ向かうわけにもいかず、川の流れに沿って、横へ横へと走るシン。

——追いつかれるのは仕方ねぇ。けど、せめてもう少し距離を稼がないと……！

まだ捕まるわけにはいかない。シンには、作戦があったのだ。

しかし、すぐに様子がおかしいことに気づいたシンは足を止めて振り返った。

——なんで、追ってこねぇんだ？

そう思った瞬間、背中がザワッとした。

さっきまで自分が釣りをしていたポイントに目を向けると……。

——や、やられた！

例のニコニコ笑顔を浮かべた南雲が、たっぷり魚の詰まった篭《かご》を持って立っているのが目に入った。

「な、なんでそれが……ッ」

「なんでって……クーラーボックスが囮《おとり》なのは最初からわかっていたからだよ？」

そう。実はシンが今持っているクーラーボックスは、石を詰めただけの囮だったのだ。

どうせ南雲が奪いに来るはずと覚悟を決めたシンは、いっそのことクーラーボックスをわざと奪わせて、そのまま持ち逃げした南雲の姿が見えなくなったところで、渓流に隠していた本命——魚入りの篭を回収するつもりだったわけである。

——まさか、こんなアッサリ見破られるなんて……ッ。

悔しいとしか言いようがない。

だからといって、ここで諦めるなんて冗談じゃない。

「返しやがれ！」

「あはははは、や～だよ～」

二人の追いかけっこが始まった。

とはいえ、さすが南雲である。シンがどれだけ走ってもビックリするほど追いつけない。

このままではあっけなく見失って負けが確定してしまう。

——クソッ。そんな無様な負け方があるかよ！

どうにかして一矢報いることはできないかと、走りながらも考えを巡らせた。

——そうだ……！　ひとつだけ追いつける方法があるかもしれねぇ。

シンは南雲が走る方向から、九十度直角に進路を変えた。

閃《ひらめ》いたのは、ごく単純な道順のショートカットである。

南雲が向かう先は、どのみち森を抜けた先にあるキャンプ場なのだから、その出口にさえ先に到着できればチャンスはまだあるはず——と考えた。

シンは高低差の激しい渓谷を通り、時間を短縮することにした。

直線距離は短くなるとはいえ、道はかなりの険しさを極めている。

シンは全速力を以《もっ》て、一縷《いちる》の望みにかけることにした。

心臓が破れるかと思う勢いで飛び跳ね走ること、およそ五分。

先回りとまではいかなかったものの、シンは森の中で、出口に向かって走って行く影を目視することに成功した。油断からなのかペースがかなり落ちているように見える。

——いける！

森を抜けるギリギリのところで影の前へと躍り出るシン！

その瞬間——。

「うわあああ！」

——えっ!?

森中に響き渡る野太い悲鳴。

そこにいたのは南雲ではなく、まったく見ず知らずのおじさんで。

――南雲じゃ、ない……？

「な、なんっ、なんなんだ、あんた」

突然目の前に現れたシンに、おじさんは腰を抜かしそうなほど驚いていた。

「すんません。人違いッス」

――待てよ。

もしかしたら、これもまた南雲が変装しているだけなのではと疑うシン。

確かめるべく、シンはおじさんの心を読んでみることにした。

『なんだよジロジロ見やがって。早くどっか行けよぉ。こっちは急いでんのによぉ』

――南雲じゃ、ねぇよな。たぶん。

まさか心の声も偽装なんじゃ……と思わなくもなかったが、やはりどう見てもこのおじさんが南雲であるとは思えなかった。

雰囲気があまりにもしょぼくれていた。

「悪かったな」

人違いだと結論づけたシンは、おじさんから離れて森のほうへと向き直った。

――もしかしたら、まだここまで辿《たど》り着いてないって可能性もあるか。
途中で自分の釣果を回収しているならば、それもあり得そうだった。
――とりあえず、もう少しだけここで様子を見るしかねぇな。
シンはおじさんからさらに遠ざかるように一歩を踏み出した。
その――矢先のことだった。
「ひっ……ぎゃああッ」
――今度はなんだ⁉
何事かと振り返ったシンの目が、まさしく点になってしまう。
いつの間にやってきたのか、南雲がそこに立っているではないか。
「やっほ～。遅かったね」
「南雲、お前……」
――もう着いてたのかよ。
――そのおっさんに何したんだ。
二つの疑問が同時に頭に湧いて、言葉につまってしまうシン。
そんなシンをよそに、南雲は地面に転がるおじさんをひょいと担ぐと、キャンプ場……
ではなく、森の奥へ向かって歩き始めた。

「お、お前、そのおっさんは……」

「ん？　ああ、これ？　僕のターゲットだよ」

「はぁ？　お前、任務の帰りだったんじゃ」

「え、そんなこと言ったっけ？」

「言っただろ！　あの時――」

と、記憶を辿ったシンが言葉を飲み込む。

あの時、坂本と南雲が交わした会話はこうである。

〝面倒を起こすなら、帰れ〟

〝ごめんごめん、本当は任務でさ～〟

南雲は確かに、任務の「帰り」だとは言ってなかった。

「ってわけだから、僕もう行くね～。坂本くんによろしく～」

「待てよ！　勝負はまだ――」

シンの横をすり抜けていったかと思うや否や、南雲は姿を消していた。

森の出口には、ご丁寧にシンと南雲――二人分の釣果が残されていた。

結局、勝負の行方《ゆくえ》は有耶無耶《うやむや》のまま、坂本たちの元へと戻ってきたシン。

あのまま南雲のターゲットが現れなかったらと思うと、どうにも悔しさが消えない。

「いつまで落ち込んでるネ。シンの不戦勝なのに」

「……そうかもしんねぇけどよ」

シンはスッキリしなかった。

勝敗がハッキリつかなかったこと以前に、引っかかることもあった。

「あいつ、なんで釣り勝負なんて受けたんだろうな」

「どういうことネ？」

「いや、よく考えたら、任務もあるし、釣り勝負なんて……」

『たぶん、時間潰し』

飛び込んできた坂本の思考に、シンが「はっ？」と声を上げる。

『森に逃げたターゲットが、いつ、どこに出てくるかわかってて待ってたはず』

つまりその待ち時間を埋めるのに、自分たちを利用したのだろうというのだ。

ということは――である。

「ま、まさか……釣り勝負をOKしたのも、全部……？」

『ただの、暇つぶし』

「結局それかよ！」

腑《ふ》に落ちると同時に腹も立ちつつ、もはやバカバカしさに力が抜けるシン。

「こっちは真剣に勝負してたっつーのに……」

「げ、元気出すネ」

「シンくん、元気ないのー？　どっかいたいの？　おなか？」

「あらぁ、大丈夫？　これからバーベキューなのに」

「いや……ははは。大丈夫ッス」

と言いながら、シンの目は遥《はる》か遠くへと向けられた。

「気にするナよ！　どっちにしても、シンの勝利ってことネ」

「ハナもそう思うー！」

「そうねぇ。結局、魚を持ってきたのはシン君だものね」

みんなはそう言ってくれるけれど……。

――まるっきり勝てた気がしねぇ。

それに、結局南雲がどんなやつなのかも、まったくわからなかった。

最初から最後まで、完全におちょくられた気分になって、シンはがっくり肩を落とした。

『深く考えるな。考えるだけ、ムダ』

「坂本さんがそう言うなら、マジでそうなんでしょうね」

乾いた笑いが止まらなくなりそうである。

そんなこんなで徒労感を味わうシンだったが、悪いことばかりではなかった。

「さ、そろそろバーベキュー始めましょ！」

「やったー！　ハナね、おさかな、いっぱいたべるのー！」

花の、目一杯の笑顔と明るい声がキャンプ場をにぎわせた。

その様子に、坂本もメガネの奥の目を細めている。

『花が喜んでる。それが一番だ。よくやった……シン』

――坂本さん！　俺……俺……そう言ってもらえるだけで……！

「嬉《うれ》しいスけど！　そこは心の中じゃなくて、ちゃんと口で言ってくださいよ！」

読み取った坂本の思考にちょっぴり半泣きになりつつも、やっぱり嬉しくて。

「魚、ガンガン焼きましょう！　火の番は任しといてください！」

ある種の達成感に満たされて、今度はバーベキュー奉行に徹しようとするシン。

みんなも晩餐《ばんさん》への期待にわくわくが止まらないといった顔だ。

そんな中、ふと――花が呟《つぶや》いた。

「へーちゃんとピーちゃんも、早くもどってくるといいねー！」

そのひと言に、大人《おとな》四人がハタと動きを止めた。

「そういえば……あいつ大丈夫すかね」

「すっかり忘れてたヨ」

「ね、ねえ、あなた……？」

葵の視線に促されて、むくりと坂本が立ち上がる。

『シン、一緒に来い』

「っす！　もちろんっすよ！」

今しばらくご馳走《ちそう》はお預けだ。

平助を捜しに、すっかり真っ暗になった森へと走る坂本の背中を追いながら、こんなドタバタもいい思い出になりそうだ……と、考えるシンなのだった。

神々廻のラーメン記

SAKAMOTO DAYS

トントン亭《てい》の〝白豚骨〟。

大島《おおしま》さん家《ち》の〝塩レモン〟。

YURURI・吉祥寺《きちじょうじ》の〝冷やしトマト〟。

一本勝負《いっぽんしょうぶ》の〝王道！　魚介醬油《しょうゆ》〟。


神々廻《シシバ》のスマホにメモ書きされた四つの情報。

それは、ラーメンについて書かれたものである。

今、神々廻は目の前にデカデカと張り出された看板とスマホを見比べて、ついにこの時がやってきたと内心ワクワクが止まらなかった。

いつも通りの黒いスーツを着こみ、長い髪《かみ》を背中に流し、ほんの気持ちネクタイを緩める。

それから神々廻は、隣に立つ大佛《オサラギ》に声をかけた。

「ほんなら、入ろか」

ここは、東京《とうきょう》からほど近いとある港町。

古いレンガの倉庫が残された広場の前では、ラーメンフェスが行われていた。

大勢の来場者でにぎわう会場に、神々廻は当たり前に入ろうとしていた。

「え、なんで？」

「なんでて、ラーメンを食べるために決まってるやろ」

「だから、なんで？」

隣に立っていた大佛が、足を止めてじいっと見つめてくる。

底の見えない黒々とした瞳《ひとみ》が、まるで空洞のようである。

神々廻と同じく大佛もまた、いつもの黒い服を着ていた。レースをあしらったワンピースがどことなくミステリアスで。空洞のような目と相まって、なんとも言えない雰囲気を醸し出していた。

神々廻は大佛の反応に「そらそうなるか」と思いつつ黙っていた。

表面上は「え、何がおかしいねん？」という顔をしていた。

「任務、行かないの？」

「行くに決まってるやろ」

「……神々廻さんが迷子になった」

「憐《あわ》れむような目で見んなや。迷子になったわけとちゃう」

「でもここ、ターゲットの潜伏先じゃない……」

そんなことは神々廻も重々承知の上である。

今日の二人の任務は、元・殺連《サツレン》連盟員の始末。

ライセンスの失効が原因でプロの殺し屋を逆恨みしており、なんの罪もない連盟員をすでに五人も殺している悪人を始末しましょうというものだ。

神々廻と大佛にしてみれば、いつも通りのさして面白くもない任務である。

何しろ二人は〝殺連の番犬〟とも呼ばれる殺し屋界の最高戦力、ORDER《オーダー》のメンバーなのだから。

だからといって任務をサボろうなんて気持ちは一ミリもない。

ただ、神々廻は食べたかっただけなのだ。ラーメンが。

「あんな……よく言うやん？　腹が減ってはなんとやらって」

「じゃあ、かつ丼……」

「いつものゲン担ぎはええねん。たまには俺の食いたいもんでええやろ」

「いつも神々廻さんがかつ丼食べたいって言う」

「それはお前や。かつ丼も嫌いとちゃうけども」

今日はどうしても、ラーメンがいい神々廻である。

「見てみぃ、大佛。ラーメンフェスの看板に、〝全国の究極ご当地ラーメン、ここに集まる〟て、あるやん？」

神々廻は大きな看板を指さした。

「つまりな、普段はよう食べられん全国各地のラーメンが集まってんねん」

「……つぶし合うため？」

「そういう大会とちゃう。ラーメンを美味《おい》しくいただくフェスや」

「神々廻さん、ラーメン食べたいの？」

「大佛はもうちょい俺の話聞こか。さっきからそう言うてるやろ」

いつものこととはいえ、大佛との会話はチグハグだった。

黙ってすんなりついてくる大佛じゃないことはわかっていたし、神々廻は諦めなかった。

「そんなゲン担ぎしたいんやったら、あとでいつものチョコでもウインナーでも食べたらええやん。それにあれやで、麺《めん》だってゲン担ぎの一種やろ」

「それは長生きとか、そういうのだから」

「なんでちょっと知らなくて可哀想《かわいそう》みたいな顔しとんねん。わかっとるわ。けど、長生きちゅうことは、この任務では死なへんゆうことやろ」

殺し屋同士の任務だと、勝ち負けはイコール生き死にに直結する場合が多い。

任務で死なないということは、つまり勝つことと同義とも言えた。

しばらく考えていた大佛も、なんだか納得したようだった。

「神々廻さん、早く行こ。私、お腹《なかす》空いた」

「変わり身早すぎやろ。まあええけど」

さっさと会場へと向かう大佛の後に続いて歩き出す。

シレっとしている神々廻であるが、第一にして最大の関門・大佛の説得を難なくクリアできたことを心の底から喜んでいた。


神々廻が何故《なぜ》、こんなにもラーメンを楽しみにしているかというと……。

それは、一人の食レポブロガーの存在が関係していた。

【神《かみ》の贈《おく》り物《もの》】を運営する豊受《とようけ》さん。

性別も年齢も住まいも、全てが不明のこの人のブログを、神々廻は密《ひそ》かに愛読している。

最初のきっかけは、一年前に見つけたＳＮＳの投稿だ。

たまたま見かけた投稿には、「玉ねぎが苦手」と書かれていた。

気が合うやんと思ってブログに飛んでみたら、出るわ出るわ。

豊受なるこの人物の舌が、間違いなく自分と合う証拠（記事）が次から次へと出てきたのである。

「え、この人なんなん、俺のドッペルゲンガーかなんかなん？」

と、思わず冗談を言いたくなったほどだった。

以来、神々廻は豊受さんが発信するグルメ情報を逐一チェックして、隙あらば紹介された店に行くようにしていた。

とはいえ、ＯＲＤＥＲの任務に大佛のお守《もり》に神々廻は忙しい。

そんな中、信頼と実績の豊受さんのブログに紹介されていたのが、今回のラーメンフェス——というわけなのだ。

豊受さんは、特に「自分好みだった」という四つのラーメンをあげ、その食べ方についても細かく指南してくれていた。

「フェス会場……明日の任務で行くとこの近くやん」

その瞬間、神々廻の中でラーメンフェスへ行くことが決まったのだ。

「あー、さすがに混んどるなぁ」

「これ、みんなラーメン食べたい人たち？」

会場は、多くの来場者でごった返していた。

ずらっと並んだラーメン店のブースの前には、いずれも長蛇の列が出来上がっている。

「……並ばなきゃ食べられない？」

この日の気温は二十八度を超えている。

時間はちょうどお昼時。太陽が容赦なく熱を発していた。

並んでいる人たちはみんな見事に汗をかいていて……。

地獄のような光景を前に、大佛の空洞のような瞳がますます暗くなるのが見て取れた。

「やっぱり、ここじゃないほうが……」

「あんな、ラーメンはな、並ぶとこもふくめて楽しむものやねん」

「……？」

無表情のまま首をかしげる大佛。

神々廻の言葉の意味がまったく理解できない様子である。

「え、わからんの？　わからんかー……ほんなら、あの人ら見てみ？」

と、神々廻はテーブルスペースを振り返った。

ひしめき合う来場者たちが、限られたスペースで一心不乱にラーメンを啜《すす》っていた。

誰もかれもが汗だくで、遠目から見ると、その辺り一帯に湯気が立っているようだった。

「サウナみたい」

「めっちゃ嫌そうな顔するやん。でもな、食べてるほうは幸せそうやろ？」

「だって神々廻さん、お腹空いてもう我慢できないって……」

そう言った大佛の腹が、盛大に音を立てた。

「……我慢できんのはお前やろ」

「神々廻さん、今お腹鳴ってた」

「いやお前や」

ひとしきり問答したところで、ふわりと香ばしい香りがした。

今まさにラーメンをゲットしてきたらしい人と、すれ違ったせいだろう。

ラーメンってやつは不思議なものだ。

人が食べているのを見ると、ズルズル啜る音を聞くと、香ばしい香りを嗅ぐと、やたらと自分も食べたくなってしまう。

その瞬間、どうやら大佛も、ラーメンマジックにかかったようだった。

「神々廻さん早くして。列、また延びちゃう」

「ほんま手の平返すやん」

大佛は心なしかウキウキと、一番手近なラーメンブースに向かい始めた。

「ちょい待ち。まずはこっちや」

「ここ、一番美味しいって言ってた。神々廻さんが」

「言うてへん。ほな気張って行くで。ほんまに旨《うま》いラーメンを食べに」

　そう言って、神々廻は奥のブースへと歩き始めた。


　やってきたのは、トントン亭。

　鍋に入ったブタさんがピースサインをしているというちょっとシュールな絵が目印の、豚骨ラーメン専門店である。

「ブタさん……」

　大佛がボソリと呟《つぶや》く。心なしか切なげな声である。

「え、もしかして可哀想とか思うタイプなん？　自分」

　意外に思って神々廻が聞くと、大佛は看板に大きく描かれたブタさんに熱視線を向けながらこう言った。

「おいしそう……」

「そっちかいな。ほんなら並ぼか」

　十人ほどの客が並ぶ列の最後尾に、神々廻と大佛は収まった。

他の列に比べると比較的客数が少ないのは、やはり豚骨だから——だろう。

「神々廻さん、このお店、ちょっと人気ないみたい。豚骨だから？」

「とりあえず世の中の豚骨好きに謝ろか。人気ないわけとちゃうねんで」

豊受さんの調べによれば、一般的な人気ラーメンの味・第三位が豚骨である。

ただ、どうしてもコッテリになってしまうので、今日みたいな暑い日の野外ではみんな避けがちなのかもしれない。

そこがまたオツやのに……と神々廻は思っていた。

「すぐ順番が回ってきてええやん。ラッキーちゅうことで」

「でも、ちょっと変わった匂いする。苦手」

「食べると旨いねん」

「豚骨って、ブタさんの骨？　ブタさん、可哀想」

「さっき、旨そうて言うてたん誰や」

「暑いし、アッサリしたのにしよ？」

「大佛はちょっと黙ろか」

前に並ぶ人たちが、アンチ豚骨は許すまじという顔をして振り返っていた。

そんなこんなで並ぶこと、およそ二十分。

順番は思っていたよりもすぐにやってきた。

「お待たせいたしました！　白豚骨二つに、ベーコントッピング、焦がしニンニク多めの、紅しょうが別皿盛りになります〜！」

「え、少ない……」

大佛はとてつもなく悲しそうな声を出していた。

「他の味も試せるように、少な目にしてあるねん。それよか、自分の分は自分で持とな」

小さな使い捨ての容器を手に、テーブルへ。

折よく他のお客さんが席を立ったところに座って、二人は早速ラーメンを食べることに。

「神々廻さん、これ何？」

「見ての通り、紅しょうがや」

「これも食べるの？」

「それ以外に何があるねん。これは、味変するのに重要なんや」

「じゃあ私の分もあげる」

「いやそんないらへんて」

と、断りかけていた神々廻の目が点になる。

大佛が、盛られに盛られた紅しょうがを丸々ドサッ……！　と、神々廻の器にぶちまけたのだ。

「……大佛、一応聞こか。なんでこんなことしたん？」

神々廻の質問に、大佛は涼しい顔をして言った。

「神々廻さんが欲しいって言った」

「言うてへんし、自分の分あるし」

「言った」

「言うてへん」

「味変に重要って言ったのに」

「それは言うたな。確かに言うた」

神々廻は、紅しょうがで赤く染まった豚骨スープを見ながら、とうとうと語り始めた。

「あんな……ここの豚骨スープは、かなりアッサリ目やねん。白豚骨て言うくらいやし。せやから、ベーコンで旨味を、焦がしニンニクで濃厚なコクを出すねんけど」

これらは全て、信頼と実績のブログ主・豊受さんの言葉である。

「ほんで、あの紅しょうがは、途中で入れんねん。それが味変ってもんやねん。アッサリ言うても豚骨やし、口ん中が少しはギトギトするやん？　それを、あと三分の一くらいかなーてなったところで入れるんがオツやねん」

これももちろん豊受さんの受け売りだ。

神々廻は少しだけ乾いた笑いを漏らしながら、さらに続けた。

「それがお前……いきなり紅しょうがドーンて。しかも、人が食べるもんに勝手にトッピングするとか、そんなん鬼畜やで。え、もしかして大佛、からあげに勝手にレモンかけられても怒らんタイプなん？」

「神々廻さん、早く食べないと麺が伸びちゃう」

「聞けや」

大佛は実に美味しそうに豚骨ラーメンを啜っていた。

「食べないの？」

「いや食うけども」

俺が食べたかったんは、最初から紅しょうがドーンのラーメンではないねん。

神々廻は心の中で呟いて、仕方なくラーメンを口に入れた。

「旨いねんけどな」

豚骨スープにしみ出したベーコンの旨味と、ふわっと香るニンニクの香ばしさ。

そして少し酸味の強い紅しょうががアクセントになって、抜群に旨い。

旨いけど、神々廻はやっぱり思ったのだ。

まずは、紅しょうがを入れる前のスープを味わいたかったのだ……と。

豊受さんもブログに書いていた。

味の変化を楽しむのが、トントン亭の〝白豚骨〟のだいご味である。

しかし神々廻は黙々とラーメンを味わった。

何故ならラーメンに罪はないからだ。

「いやほんま、旨いねんけどな」

「よかったね」

「お前が南雲《ナグモ》やったら殺してんで」

そう言うと、大佛は妙な顔をして固まった。

「……それは困る」

「冗談や。そんな真剣に悩みなや」

「神々廻さんを殺したら、殺連の偉い人に怒られそう」

「俺がやられる前提かいな。ほんま殺すで」

神々廻は一杯目のラーメンを完食した。

「次はちょっと口をサッパリさせよか」

気を取り直して神々廻がやってきたのは、夏にぴったりがウリの塩レモンラーメンを出している店——大島さん家である。

とあるレモン農園の近くに開いたという店は、日本《にほん》に一店舗しかない。

にもかかわらず、全国にファンを増やしている人気店だ。

豊受さんのブログ情報によれば、こういったイベント出店は今回が初ということで、関《かん》東《とう》で食べられる貴重な機会になるらしい。

「塩レモン……？　ラーメンなのに、レモンなの？」

「蕎麦《そば》にすだちとか柚子《ゆず》とかしぼったりするやん。何もおかしいことないやろ」

「レモン、ずっと入れとくと苦くなっちゃう。お砂糖も入れないと」

「紅茶はそうやんな」

神々廻の合いの手に被《かぶ》せるように、大佛が残念そうな声を出す。

「サッパリの塩ラーメン、最初に食べたかった」

「もしかして大佛には俺が見えてへん時ある？　ちょいちょい無視するやん」

「そんなことないよ。神々廻さんは、私にとって……」

大佛、何かを考えている様子である。

「えっと……空気？」

「首かしげながら言う事ちゃうで、それ」

「ごめんなさい。適当に言った」

「謝られるほうが傷つくやろ。知ってたけどな」

「神々廻さん、傷ついたりするの？」

あまりに不思議そうな顔に、神々廻がふぅと小さなため息をつく。

「あんな……例えばお前、面と向かって『大佛には人の心がない』て言われたら、さすがにちょっと悲しない？」

「でも、神々廻さんは人殺しだから」

「お前もや。あと殺し屋にも心はあんで」

「神々廻さん、前……詰めないと後ろの人に迷惑かかっちゃう」

「ほんまそういうとこやで、お前」

心から困惑していると言いたげな大佛の表情に、神々廻はひとまず口を閉じた。

話し込んでいるうちに、列は半分ほどが進んでいた。

トントン亭よりは並ぶ人の数が多かったので、あと二十人分くらいは待つことになる。

先はまだ長い。

神々廻は、さっきの豚骨ラーメンの失敗を活《い》かし、今のうちに塩レモンラーメンの食べ方について大佛にレクチャーすることにした。

「大佛は塩レモンラーメン食べんの、初めてやんな？」

「………」

唐突に、何か残念なものを見るような目をする大佛。

「なんやねん、その顔」

「神々廻さんがマウントしてくる」

「なんのマウントやねん」

「レモンマウント」

「そこはせめてラーメンのマウントやろ」

きょとんとしている大佛に、神々廻は話を続けた。

「ちゃうねん。また勝手にトッピングとかされたら嫌やし、こんな食べ方やねんて話しといたほうがええやろなって」

「ラーメンくらい一人で食べれるもん」

「啜り方を説明したいわけとちゃう」

相変わらず、すんなり話が進まない大佛である。

それでも神々廻は根気よく説明し続けた。

「大島さん家の塩レモンラーメンは、パクチーを載せるのが通やねんて」

ここで再び、豊受さん情報の出番だった。

「ちょい足しちゅうやつやんな。軽いエスニック風になって、旨いらしいねん」

「ふぅん」

生返事をした大佛の視線は、完全に自身の手元に注がれていた。

「もうちょっと興味持とか。会話中に急にスマホいじり始めるの、よくないで」

「わかった。今度は神々廻さんのラーメンには触らない。これでいい？」

「ええけど、なんでちょっと自分が被害者みたいな顔しとんねん。ため息聞こえたで」

「だって神々廻さんが邪魔する。ターゲットの情報を見てたのに」

「パズルゲームのアプリ開いて何言うとんねん」

神々廻がそう指摘すると、大佛は何食わぬ顔で任務依頼のメールを開いた。

「今さらすぎるやろ」

「さっきのは間違えてた」

罪悪感の欠片《かけら》もない目をする大佛。

ＯＲＤＥＲに所属しているメンバーなんて、みんなクセしかないわけだが……。

大佛も大概だと、あらためて思うなどする神々廻だった。

「どっちにしても今さらやけどな。任務内容確認してなかったん？」

「したもん」

「ほんなら今見んでもええやろ」

「この人、近くにいるんだよね」

「そうらしいな」

殺連の調査班が寄越《よこ》してきた情報によれば、ターゲットの男はここと目と鼻の先にあるビルの地下に潜伏しているらしい。

「会場にいたりして」

「どんな間抜けやねん、それ」

殺連時代の実績を見るに、男はそれなりに優秀だったようだ。

もちろん神々廻や大佛に敵《かな》うようなレベルではないが。

それでも、自分が現状、殺連に追われている自覚があるならば、無暗《むやみ》に出歩いたりはしないはず。

今回の任務は早い者勝ち～！　というものでもないので、特に慌てる必要もなかった。

「なんでライセンス失効しちゃったんだろ……」

なんでと言いつつ、大佛はさして興味のなさそうな顔をしていた。

「違法武器の密売が発覚してとか言うとったな。アマチュアにふっかけて売ってたらしいねんけど。性質《たち》悪そうやったわ。ちゅうかお前やっぱりメール読んでへんやろ。全部そこに書いてあんで」

「武器の密売って、鹿の人たちみたいだね」

「また無視するやん」

今度は、大佛の目が見開いていた。

神々廻は神々廻で、いつだか尾久《おく》旅科《たびか》学博物館《がくはくぶつかん》の地下でやりあった被り物の男のことを思い出していた。

「ほんであれって鹿なん？　トナカイやと思っとったわ。どうでもええけど。あっちに比べたら今回のターゲットの密売なんて可愛《かわい》いもんやろな」

とはいえ、秘密を知られた途端相棒も含めてアッサリ五人も殺しているので十分凶悪だ。

身内同士の裏切り合いなんて殺し屋界では珍しくもないが、やっぱり胸糞《むなくそ》悪い。

一応、殺連は会社なわけだし。

殺連の規定は守らなければならない。

でないと、ただの無法地帯になってしまう。

その規定——いわば秩序を守るためにも、今回のようなターゲットは絶対に生かしておくわけにはいかないのである。

神々廻は、あらためて大佛に言った。

「心配せんでもすぐ終わるやろ」

「神々廻さん、お店の人が注文待ってる」

いつの間にか、大佛は自分の注文を終えているようだった。

「……お前、ターゲットに興味あんのかないのか、どっちやねん」

「神々廻さん頼まないの？」

「頼みます」

神々廻はツッコむのを諦めた。

そして気を取り直して、いよいよ注文へ。

「塩レモンラーメン、パクチー載せで」

「塩レモンラーメン、パクチー載せですね。かしこまりましたぁ！」

これでやっと豊受さんおススメのラーメンを食べられる。

神々廻は喜び一杯に、ラーメンを待った。

ところが。

「あ〜〜、すいませんお客様。パクチー切らしちゃいまして」

まさかの謝罪に神々廻は言葉を失った。

「……は？」

「本当、すみません～」

「嘘《うそ》やん。早すぎるやん。なんでなん」

豊受さんのブログによれば、パクチーのトッピングは癖があるため万人受けはせず、頼む人はよほどの通だけとのことだった。

お店としても、積極的に勧めているわけではない。

こんな早々にパクチーが切れるなんておかしいのである。

「いや～、うちも驚いてるんですけど。なんでか、みなさんこぞってパクチー載せを頼まれたもので。申し訳ない」

そう言われると、もうどうしようもない。

神々廻は、とりあえずパクチーなしのラーメンを受け取ることにした。

「今日に限ってなんやねん」

「パクチーないの、残念だったね」

「楽しみにしとったのに」

少ししょんぼり気分ながら、大佛とともにテーブルについた神々廻。

そこでハター——と、神々廻の視線が一か所に留まる。

大佛のラーメンに鮮やかなグリーンが載っかっている。

いるではないか、パクチーたちが。

「大佛ぃ、ちょっと聞きたいねんけど」

「やだ」

「まだなんも言うてへん」

「このパクチーは私のだから」

「さっきは全然興味なさそうにしとったやろ」

軽く身を乗り出す神々廻。

すると大佛は、一気にラーメンを啜りあげてスープまで飲み干した。

「嘘やん……」

そんな勢いで食べたら、当然のごとく大惨事なわけで。

「神々廻さんのせいで舌、火傷《やけど》した」

「……悪かったて」

大佛のジト目に、もはや何も言えない神々廻である。

もう黙って食べて、とっとと次へ行こう。そう決めた。

そんな神々廻の耳に追い打ちをかけるような会話が聞こえてきた。

「パクチー載せ、思ったより美味しかったね～」

「ね～、さっきしゃべってた髪の長い人に感謝だね～」

パクチーの品切れを起こした原因は自分にあったかもしれないと知る神々廻。

その後食べた塩レモンは、ほろ苦い味がした。


またも豊受さんお勧めレシピを堪能《たんのう》できなかった神々廻。

次こそは挽回《ばんかい》するぞと向かった先は、冷やしトマトラーメンのお店だった。

店名はＹＵＲＵＲＩ・吉祥寺。

お洒落《しやれ》なラーメンを出すということで、若者に人気のお店だそうだ。

「ラーメンなのに冷たいの？」

「それもまたラーメンやねん」

ここで冷製ラーメンを入れてくるあたりがさすが豊受さんだと、神々廻は思っていた。

アッサリ目の豚骨に始まり、塩レモンで口をサッパリさせ、ここらで一旦冷やしトマトで涼を取ろうという算段である。

サッパリ系の味が続くことで満腹感も抑えられ、無理なく次のラーメンまでいける。

神々廻が自分で戦略を立てるとしても、きっとそうしただろう。

豊受さんとは、やはり気が合うなと思う神々廻だった。

「今回の食べ方は？」

「もうええ。大佛は大佛で自由にしなはれ」

余計なことは言うまいと決める神々廻。

注文するその時が来るまで、神々廻は黙ってじっと待っていた。

およそ十五分の待ち時間を経て、二人は冷やしトマトラーメンを手に入れた。

首尾は上々である。

しかしお店を離れる際、神々廻はうっかり大佛に頼んでしまった。

「あ、それ取ってくれへん？　辛味調味料」

受け取りカウンターの一角に調味料のコーナーがある。

二人分のラーメンを受け取ってしまった神々廻の両手はふさがっていた。だから大佛に声をかけたのだ。

「え、これ？　赤いの？」

「そうそう、赤いやつな。ちょっとピリッとさせんねん」

「へえ……そうなんだ」

自家製の唐辛子オイルをひと回し垂らすのが、豊受さんお勧めの食べ方だ。

何本か置いてあるうちの一本を、大佛が持ってくる。

ようやく豊受さんのブログ通りにラーメンを食べることができそうだ……と、神々廻はルンルン気分で赤いオイルをラーメンに回し入れた。

その途端、鼻を突きさすような臭いが立ち上った。

「っっ……なんやねん、これ!?」

あまりの臭気に思わず鼻を押さえる神々廻。

向かいに座っていた大佛が、スッと斜めの席にずれる。

それくらい、すごい臭い……というか、とんでもない刺激だった。

「まてまてまて。これ、唐辛子オイルとちゃうん？」

「え、ダメだった？　神々廻さんの言う通りに持ってきたやつだけど……赤いオイル」

「それは見れば……」

と、調味料の瓶をよく見てみる。

禍々《まがまが》しいほど真っ赤なオイルが入った瓶の腹の部分に、「辛」の文字のシールが貼ってある。

その裏には、なんと——。

「ＤＥＡＴＨって書いてるやん……」

「神々廻さん、死んじゃうの？」

「いやさすがに死なんけど。たぶん」

「辛」の文字に加えてＤＥＡＴＨと記された調味料なんてどう考えてもヤバそうだ。

よく確認しなかった自分が悪いとはいえ、こんな辛子テロに遭うとは予想外すぎた。

思わず豊受さんのブログを確認する。

ＹＵＲＵＲＩ・吉祥寺の〝冷やしトマト〟について書かれた記事を読み返した神々廻は、注意書きが添えられていることに今さら気がついた。

【ＹＵＲＵＲＩの辛味調味料は、二種類。普通の唐辛子と、キャロライナ・リーパーがあるから、要確認】

間違いない。

大佛が持ってきた赤い瓶は、そのキャロライナ・リーパーとやらなのだろう。

ちなみに、どれくらいヤバい代物《しろもの》なのか検索して、神々廻は絶句した。

辛さはなんと、かの有名なハバネロの十何倍。

種ごと直接食べると、本当に死ぬとも言われているらしい。

「やっぱ死ぬかもしれん」

「え、そうなんだ」

「めっちゃ冷静に言うやん。他人事《ひとごと》がすぎるやろ」

少しは心配そうな顔をしたらどうかと思うが、大佛は相変わらずの無表情を貫いた。

「神々廻さん、ラーメン冷めちゃうよ？」

「これは元々冷製や。お前も同じの食うとるやろが」

器からは、不穏すぎる臭気が今も広がり続けている。

この時点ですでに軽く鼻がイカれていた。

あと、目を開けているのがしんどい。

神々廻は葛藤した。

このラーメン食べたら、口とか腹とか爆発するんちゃう？

そう思わずにはいられない。

一杯目も二杯目も失敗しておきながら、何故……どうして最後まで自分の目で調味料を確認しなかったのだと、神々廻は後悔した。

その間にも、大佛がラーメンを平らげていく。

ズルズルと啜る音がやけに美味しそうに聞こえてきた。

真っ赤なソースたっぷりのラーメンを食べるか否か、神々廻は大いに迷っていた。

「……食べないの？」

「今な、考えてんねん」

「せっかく頼んだのに……ラーメンが可哀想」

この場合、たぶん可哀想なのは俺やねんと言いたくなる。

とはいえ、このままラーメンを捨てるのはやっぱり忍びない。

神々廻は覚悟を決めて、それを啜った。

「────ッ」

得も言われぬ強烈な辛味が口の中を蹂躙《じゅうりん》していく。

もはや純粋な痛みだった。

大挙して押し寄せてきたカプサイシンに、口の中をズタズタにされている気分になる。

できればこの場でリバースしてしまいたい。

けれどそれは、神々廻のプライドが許さなかった。

すぐさまテーブルに配置されていたお冷《ひや》をコップに注ぎ、飲み干す。

気温のせいか氷は解けきり生温《なまぬる》くなっていたが、飲まないよりはマシだ。

この近辺のテーブルにだけお冷のポットが置かれているのは、お店の配慮なのかもしれない……などと今さらながらに気づく神々廻。その心づかいがありがたかった。

そうこうしていると、強烈な刺激が脳天《のうてん》を突き抜け頭がズキズキと痛くなった。

同時に、全身の毛穴から汗が噴き出してきた。

それでも神々廻は、再び何食わぬ顔で激辛ラーメンを啜りあげこう言った。

「結構《ふえつ》、旨《ふおう》いやん《ふあいやん》」

「……神々廻さん、口がタラコみたいになってるね」

うっすら目を細める大佛が憎らしい。

注文した料理を残すなんて、グルメ失格。

豊受さんの言葉を胸《むね》に、神々廻は鉄の意志でラーメンを食べきった。


「あかんわ。まだ口が痛い」

「神々廻さん、あったかいコーヒー飲む？」

「お前は俺を殺す気か」

激辛ラーメンの襲撃に遭った神々廻は、大佛と共に一旦戦線を離脱していた。

少し舌を休めなければ、とてもじゃないが最後の一杯を食べられそうにない。

もう一度水を飲んで調子を整えて、それから美味しく食べたいと思っていた。

大量に汗をかいたせいなのか、神々廻は少しぐったりもしていた。

辛

「頼みがあんねんけど。ミネラルウォーター買《こ》うてきてくれへ——んて、おらんし」

振り返ると大佛が消えていた。

「どこいったん、あいつ……」

大佛ってやつは、本当に自由だなと神々廻がため息をつく。

まあ、ORDERに入るようなヤツはみんな自由だし勝手だし図太いものだけど。

とはいえ、こんな人出の多い場所で何かあったらさすがに面倒だ。

神々廻は大佛を捜そうと立ち上がった。

と、そこへ。

「神々廻さん、お水」

大佛がペットボトルを抱えて小走りに戻ってくるではないか。

「なんや、これ買いに行ってたん？」

大佛がそんな気遣いをしてくれるだなんて。

ちょっと……いや、かなり意外だったけれど、神々廻はほんのりジーンとしてしまう。

「ほんなら、ありがたく飲ませてもらうわ」

「はい。ペットボトルに坂本《さかもと》さ……クマさんの絵があったから、これにした」

何故か目をキラキラさせて、ついでにテレテレしながら言う大佛。

今、坂本さんて言いかけたな。坂《サカ》さんとクマさんが同じに見えてるん？

心の中でツッコミながら、神々廻はペットボトルのキャップを開けた。

プシュッと小気味よい音がして、ちょっぴり嫌な予感にかられながらも、冷たい水を口に流しこみたい渇望には逆らえず。神々廻がペットボトルを口元でかたむける。

そして、すぐさま豪快に吹き出した。

口内にビリリとした強烈な痛みが走って、とても飲み込めなかった。

「神々廻さん、汚い」

いかにも迷惑そうな顔をする大佛。

神々廻はしばし無言で立ち尽くし、大きな傷のある顎《あご》先を濡《ぬ》らしたそれを拭ってから大佛に目を向けた。

「……あんな大佛。せっかく買うてきてくれたんに、あんま言いたないねんけどな。なんでこれにしたん？」

「シュワシュワしてて美味しいね」

大佛はちょっぴり楽しそうだ。

神々廻はおもむろに、ペットボトルのラベルを確認した。

天然水の文字の下に、ウェルキントン・最強炭酸と書かれている。

「ゴリゴリの強炭酸やん。俺の舌をどないしたいん？」

「配ってた」

「なるほどな？　買うたんとちゃうねんな。ほんでこれ、普通やったら爽やかな刺激がまた美味しいてなるんやろな。知らんけど。ラーメン食べたあとやし、これでダイエット効果も抜群なんやろな——とかどうでもええねん」

「神々廻さん、ジュース買って。ラーメン食べてお金なくなっちゃった」

「お前のラーメン代を払《はろ》たんは俺や」

大佛が不思議そうに首をかたむけるので、神々廻は色々諦めた。


あらためて水を飲み、体も心も休ませた神々廻と大佛。

三十分ほどのインターバルを経て、二人はいよいよラスト一杯へと向かっていた。

そろそろ満腹が近づいている。

これが本当に最後のチャンスとなる。

今度こそ、豊受さんのお勧め通りにラーメンを楽しみたい神々廻である。

「ほんなら、行こか」

「最後は普通の醤油ラーメンなの？」

何やら不満げな声、神々廻は気にせず付け加えた。

「まあ、王道の魚介系やな」

「でも醬油ラーメンは醬油ラーメン……」

「いや、バカにできへんで。こうゆう誤魔化しきかん味がいっちゃん難しいねん」

「生臭いの苦手」

「先入観は捨てとこか。ここのは、臭みとかないねんて」

その名も、一本勝負。

魚介系スープ一本で勝負する、頑固一徹系店主が切り盛りするラーメン店である。

豊受さん情報によれば、澄み切ったスープは魚介のみの出汁《だし》であるにも拘《かか》わらず、濃厚で味わい深く、それでいて後味スッキリ！　だそうだ。

ここに醬油ダレを合わせた〝王道！　魚介醬油〟にチヂレ麵を使い、のり、メンマ、チャーシューを載せたオーソドックスなラーメンが激旨らしい。

これに関しては、余計なトッピングは一切いらない。

そのままラーメンの極意を味わってほしいとも書いてあった。

「あ、キムチのトッピングある」

張り出されていたメニューに大佛が目を輝かせるので、神々廻はすぐさま口を挟むこととなった。

「あかんやろ。いきなりキムチは」

「……じゃあ、ネギだく、油マシマシのそぼろ肉トッピング？」

「急に通ぶるなや。ここは普通でええねん、普通で」

その言葉通り、基本の、そのまんまの魚介醬油を注文する二人。

あとは心行くまでラーメンを堪能するばかりである。

「旨そうやん」

平然と言う神々廻。

その実、内心ではやっと、望む通りのラーメンが食べられると喜びにうち震えていた。

そんな神々廻の前では、大佛が麵とスープの熱さと格闘していた。

「慌てんなや。また火傷すんで」

「ひひばはんは、あふあふではへろっへいっは」

「何言うてるか一個もわからん」

せっかく注意したのに、大佛が熱さも構わず麵を啜り続ける。

「汁飛ばしとんで」

元気よく跳ね上がる麵から、魚介醬油ラーメンの香ばしい雫《しずく》が神々廻のスーツのジャケットめがけてフライハイ。

神々廻は慌てて、おしぼりでジャケットを拭った。

「クリーニング出したばっかしやねんけど」

「でもそれ、最初から汚れてた」

「ほんま友達なくすで」

こんなことをしている場合ではない。

神々廻だって一刻も早くラーメンを食べたいのだ。

まずはスープをひと口いただこう。

神々廻はレンゲにすくったスープを、そっと口に運んだ。

その瞬間――！

「…………？」

神々廻の頭の中に、次々「？」が浮かんで消える。

何かが、おかしかった。

「……なあ大佛ぃ、ちょっと聞きたいねんけど」

「今、ラーメン食べるの忙しいからあとでいい？」

「いやもう、そのまま聞いてくれたらええねんけど」

ズルズルとそれはもう美味しそうにラーメンを食べ続ける大佛に、神々廻は聞いた。

「このラーメン、味してへんくない？」

「神々廻さんが変なこと言ってる」

「……まあ、そうなるよな。ちゅうことは……」

神々廻の味覚は死んでいた。

全ては、あの真っ赤なソースのせいだろう。

炭酸水の刺激も良くなかったに違いない。

ついでにたぶん、鼻もまったく利いていない。

水を飲み時間をあけ、復活したかに思えていた味覚と嗅覚は——今も死んでいたのだ。

「なんも味せぇへんやんけ」

「このラーメン美味しいよ。今日食べた中で一番美味しい」

大佛も周りの人たちも、ズルズルズルズル——みんなして、美味しそうにラーメンを食べやがる。

その光景に、神々廻はまるで世界にたった一人取り残された気分になってしまう。

あとちょっと殺意も湧いた。やけに機嫌の良さそうな大佛に腹も立った。

いやいや待て待て——と、自分を落ち着かせる神々廻。

まだ希望は捨てていない。

神々廻はラーメンがもう少し冷めるのを待つことにした。

味というのは、熱いと感じにくいものである。

スープがもう少し冷めたら、麻痺《まひ》した舌でも何かを感じ取れるかもしれないと思った。

「神々廻さん、食べないの？」

「いや、今ちょっと時間を置いて――て、食べんの早っ」

「いらないなら、ちょうだい」

「ほんでお代わり希望かいな」

大佛の前に置かれた小ぶりの器は見事に空になっていた。

「神々廻さんが……食べちゃった」

「お前、めっちゃわんぱくに食うとったやろが」

大佛がじっとこちらの手元を見つめてくる。

獲物を狙うハンターのような視線だ。

「残そうとしてるわけとちゃうねんけど」

「神々廻さんがいじわるする」

「自分の分を食べようとしとるだけや」

神々廻は再びラーメンに挑むことにした。
このままだと本当に大佛に奪われかねない。
舌先に全神経を集中させ、スープを口に入れる。
すると今度は、ほのかに醤油の甘みとスープのコクがじわりと広がった気がした。
「――いける」
かなり弱いが、微《かす》かに味がする！
このまま、集中を保ったまま食べきれれば、あるいは。
カッと目を見開き、神々廻が箸で麺をつかみあげた――その時だった。
突如、ドスンと謎《なぞ》の揺れが起こり、神々廻が麺を口に入れるタイミングを見失う。
「すんません」
その声に、なんやねんと隣を見るとやたら図体《ずうたい》のデカい男が座っていた。
その顔に、見覚えがあった。
間違いない――今日のターゲットだ。
神々廻は信じられなかった。
いくら潜伏先のビルが近くにあるからといって、ラーメンフェスに来るだろうか。
そこまで間抜けな男じゃないはずなんて思っていたが、どうやらものすごく間抜けな男だったらしい。

神々廻は迷った。

このままラーメンを食べるべきか、否か。

ラーメンか、ターゲットか。今優先すべきはどちらなのか。

「神々廻さん、どうかした？」

大佛がとても不思議そうな顔をしてこちらを見てくる。

「……なんでもあらへん」

よし、まずはやっぱりラーメンだ！

そう心を決めた神々廻の前では、いつの間にか大佛の視線が図体のデカい男へと注がれていた。

頼むまだ気づかんといてくれと祈る神々廻。

しかし。

「神々廻さん、間抜けな人……ここにいるよ」

ターゲットに気づいてしまった大佛が、どす黒いオーラを放ち始める。

するとすぐに異変を察知したらしいターゲットが、勢いよく立ち上がった。

「まさか殺連か！　くそっ！」

そう吐き捨てて、男はテーブルをひっくり返すと逃げ出した。

「神々廻さん、追いかけよ」

「………ねん」

「神々廻さん？」

「あいつ、俺のラーメンになんてことしよるねんんん――ッ!!」

地面に叩《たた》きつけられた無惨なラーメンの姿に、神々廻の怒りは止まらなかった。

その後、凄《すさ》まじい顔をした神々廻と大佛の追跡により、ターゲットの男はあっさり見つかり、ORDERの名の下にとっとと粛清されることとなった。

結局、最後の最後まで、思う通りにラーメンを楽しむことが出来なかった神々廻。

その夜、家に帰ってから、神々廻は懲りずに豊受さんのブログを読んでいた。

「都内お勧めラーメン店ベスト百……明日から毎日紹介て書いてあるやん」

今度は仕事のないオフの日に一人で行こう――そう誓う神々廻であった。

鹿島と下町喫茶店

SAKAMOTO DAYS

ここは下町の一角。

古い惣菜《そうざい》屋やら乾物屋やら古書店やらに並び、小さな喫茶店が建っている。

純喫茶・〝宿《やど》り木《ぎ》〟。

その窓辺には、時々神の使いが座っているとまことしやかに囁《ささや》かれていた。

——まったく噂《うわさ》というのはなんともくだらないものですねぇ。

鹿島《カシマ》は、すっかり空になってしまったコーヒーカップを軽く手で弄びながら、山ほど届いた履歴書データに目を通していた。

どこに座っているかというと、窓辺の席である。

漆黒のスーツをきっちりと着こんで、頭には、立派な角を携えたトナカイの被《かぶ》り物をして、鹿島はリモートワークに勤しんでいた。

——おっといけませんね。余計なことを考えている暇はありません。

気を引き締めて、誤字だらけの履歴書データを見始めたところで——。

カランコロン。

ドアベルの音と共に、お客さんが入ってきた。

「いらっしゃいませ」

「景気はどうよマスター。こんなガラガラじゃ聞くまでもねぇか、ははっ」

いかにも気の良さそうなおじさんが、やたらめったらデカい声で、何が面白いのか知らないけれど笑っていた。

「とりあえずさ、ブレンドでも――」

と、店の中を一望したところで、ギクリとするおじさん。

その気配は、ノートパソコンの画面に集中している鹿島にも伝わっていた。

「あ……あー、なるほどな。悪い悪い、気づかなくて。またにするよ」

「え、せっかく来たのに」

「いや、いやいやいや。俺はこう見えて信心深いんでな。邪魔したな」

「……わかりました。またお待ちしてますね」

「おう。次はちゃーんと確認するわ」

そう言って、おじさんは入り口で静かに手を合わせると出て行った。

――今のは、はて……？

トナカイを被り下を向いていた鹿島の目にも、おじさんの奇妙な行動はうっすら見えていた。

扉が完全に閉まると、鹿島は顔を上げた。

「つかぬことをお聞きしますが、今の方……私を拝んでいませんでしたか？」

「えっ？　ええと、いや～……」

マスター（と言うにはずいぶんと若そうな彼）は、口をもごもごさせてから、人懐っこい笑みを浮かべた。

「僕も、よくわかんないんですよね！」

「ん～、目が泳いでいますね～。声も上ずってましたし……う～～ん」

「そんなことないですよ」

「本当ですかねぇ？　トナカイさんに嘘《うそ》ついてたら、殺しちゃいますよ？」

ほんの一瞬空気が固まり、それからマスターが楽し気な声をあげた。

「あはは、それは怖いなぁ」

「冗談ではないのですがねぇ」

――場合によっては、ですが。

トナカイのつぶらな瞳《ひとみ》を通して、マスターをじいっと見つめる鹿島。

それに対し今度は少しだけ居心地悪そうな顔をしたかと思うと、マスターはすぐに視線をカップのほうへと逸《そ》らした。

「あっ、もう飲み終わってるじゃないですか。おかわりいかがです？」

「………では、ブレンドを」

「かしこまりました！」

思い切りはぐらかされたなと思いつつ、鹿島が再びパソコン画面に集中する。

――まあ。嘘の理由がなんであれ、殺す必要があるようなものではないでしょうしね。

マスターもさっきのおじさんも、今のところ鹿島にとっては守られるべき弱者であり、尊い正義の先にある理想の世界でぬくぬく生きてオッケーな存在だ。

「どうぞ、淹《い》れたてです」

鹿島は軽く会釈をし、口元だけが露出するようにツギハギだらけの手でトナカイの被り物をそっと捲《まく》り上げた。

口の端から耳にかけての、やはり大きなツギハギが露《あらわ》になる。唇《くちびる》の中央には〝×《バツ》〟のマークが描かれていた。

マスターが持ってきた新しいコーヒーをチビチビ飲みながら、鹿島はふと思い返すように言った。

「例の噂と、関係があったのですかねぇ？」

神の使いがどうたらという、あの噂である。

鹿島の言葉に、カウンターに戻ったマスターがわかりやすく咳《せ》き込んだ。

——おや、図星のようで。

だとしても、自分が拝まれるのは意味がわからない。

だとすれば、おじさんは自分に向けてではなく、ただ窓辺に向かって手を合わせただけなのかもしれないと鹿島は考えた。

——何しろこの席に、神の使いとやらが座るらしいですからねぇ。

鹿島はそう考えて納得した。

神が宿る場所を敬う感覚は鹿島にもわかる。

かくいう鹿島も、神棚の掃除かな？　ってくらい神聖な気持ちで×《スラー》の部屋を清掃する。

ともかく——鹿島は、まったく気づいていなかった。

純喫茶・〝宿り木〟に週に何度か顔を出すようになった自分こそが、〝神の使い〟——ありがたい鹿男だと思われているなんて。

何しろ鹿島が被っているのは〝鹿〟ではなく〝トナカイ〟なのだから。

自分が鹿の化身か何かだと思われているなんて、これっぽっちも考えてなかった。

——神の使い……か。いったいどんな人なのでしょうかねぇ。

町の人から敬われているらしい存在が、鹿島は少しだけ気になった。

もちろん、×《スラー》以上に敬われるべき人物など、この世には存在しないけれど。

——神の使いが身を休めに来る喫茶店……なんとも面白い店があったものです。

湯気の立つコーヒーを、またもやチビチビ飲む鹿島。

そもそも、どうして鹿島がそんな変わった喫茶店に足を運んでいるかと言えば、それは今から数か月前のある夜がきっかけだった——。


「——つうわけで、罪悪感？　とかぶっ壊れてるタイプなんで？　さっき言ってた……なんだっけ、尊い正義？　のために、ガンガンやっちゃえるほうっすよ？」

「……なるほど。ではお聞きしますが、目の前で子猫を集団でイジメている輩《やから》がいたら、あなたはどうします？」

「え、なんすかソレ。心理テストすか。ウケる。そうすねー……」

とあるオフィス街のファストフード店の中。

隅っこの席で鹿島が向き合っているのは面接にやってきた一人の男である。

×《スラー》の組織の駒――もとい人材採用のための面接だった。

そろそろ本格始動する計画のためには何かと兵隊が必要で、鹿島はその採用を一手に任されていたのである。

【集え☆尊い正義を守り貫けるつわもの達《たち》よ！　※高待遇をお約束します】

ちょっとふざけた感じの募集文面は、「堅苦しいのはダメっすよ」と言う楽《ガク》の意見を取り入れて鹿島が作ったものである。

これで応募者が集まるのかと心配したが、意外にも、多くの連絡があった。

――同じ志の者たちが、これほどたくさんいようとは……！

鹿島は純粋に喜んだ。

できれば誰も無下にお断りはしたくない。

ちょっとしたバイトですら履歴書で弾《はじ》かれるなんていう世知辛い世の中だ。

せめて全員面接しよう！

そう決めて、鹿島は片っ端から応募者とコンタクトを取ることにした。

……の、だが。

「自分、猫アレルギーなんで、猫退治するヤツとかマジリスペクトっすね」

目の前に座る知性の欠片《かけら》もなさそうな、ただただ野蛮を絵に描いたような男との会話に鹿島は面接開始五分にして後悔していた。

――愚かの極み……。

とても×《スラー》の計画に加えられるようなタマではない。

「あ、ところで報酬の件なんすけど――」

「不採用とさせていただきます」

猫アレルギーの男は散々鹿島を罵倒して帰っていった。

おかげで店中の客から注目を浴びることとなり、鹿島はゲンナリした。

目立たないようにと端の席を選んだのに、台無しである。

――まあいいでしょう。まだ面接は始まったばかりですから。

気を取り直し、すっかり香りの飛んでしまったコーヒーを飲む。

その二十分後、鹿島は再びガックリ肩《かた》を落とすことになってしまった。

「ねぇねぇ、あんたの組織ってさ、いい男とかいる？　飲み会とかあり？」

――仕事とは関係のない話ばかり……。不採用。

「僕なんて、どうなったっていいんですよ……ふふ。命とか惜しくないんで……ふひ」

――単なる破滅主義者か。邪魔にしかならない駒はいりませんねぇ。不採用。

「とりあえずあんたボコれば、俺が上司ってことでオケ？　下剋上《げこくじょう》待ったなし、つって」

――シンプルに不採用！

どいつもこいつも、ろくでもない応募者ばかり。

捨て駒にすらしたくないと、鹿島はうなだれた。

夕方からのほんの数時間で、何キロか痩せたのではと思うほどだった。

――ろくな人材が集まらないじゃないですか！

思わず心の中で楽に八つ当たりをする鹿島。

拠点に戻る夜道をトボトボ歩きながら、鹿島はため息をついた。

――いやいや。楽に責任を押しつけてはいけませんね。応募者が多ければ、多少おかしな輩が混ざっていることなど、予想はできたことですから。今日の面接は全員が全員、ちょっとアレな感じでしたが。ええ、それも偶然に違いありません。ただ次からは、もう少し慎重に会う相手を見極める必要がありそうです。

とりあえず履歴書の時点で怪しいのは、とっとと落とそうと心に決めた。

そんなことを考えていると、

「……おや、ここはどこでしょうか」

いつの間にか、鹿島は薄暗い下町の一角へと迷い込んでいた。

拠点まで三駅分くらいの距離だからと歩いていたのだが、まさか迷うとは。

——私としたことが。とりあえず地図アプリを……ん？

取り出したスマホの画面に、ポツ、ポツ、と水滴が落ちてくる。

そうかと思った次の瞬間には、ザッ——と、急に雨が強くなって鹿島を濡《ぬ》らした。

これはいただけないと、慌てて適当な建物の軒先に避難する。

体とスーツはどれだけ濡れてもいいが、仕事の情報が入ったノートパソコンとトナカイの被り物がびしょ濡れになるのは避けたかった。

濡れたトナカイをしっかり乾かすには、結構な時間がかかる。しかもちょっと生臭い。

その間、ずっと素顔を晒《さら》し続けるのにも抵抗があった。

——ん～～これは困りましたねぇ。

文字通りバケツをひっくり返したような雨のせいで、町が白くかすんでいる。

その光景を眺めながら、鹿島はどうしたものかと考えた。

そこへ。

「あのぉ、よかったら——うわっ⁉」

扉を開けて声をかけてきた若い男は、鹿島の顔を見るなり驚いて叫び声を上げた。

「なんですか、人の顔を見るなり。失礼ですね」

いや、厳密には人の顔ではない。トナカイの顔である。

「え……しゃべっ……？　え、鹿？　え、コスプレ？」

「鹿ではありません、トナカイさんです」

「トナカイ………な、なるほど」

何に納得したのかは知らないが、彼はあらたまって言った。

「うち、喫茶店なんです。こんな雨ですし……中へどうぞ」

「……これは失礼。お店とは気づきませんで」

よく見れば、確かにガラス扉には純喫茶・〝宿り木〟と書いてある。

さてどうしたものかと考える鹿島。

こんなところで油を売っている暇はない。

ただでさえやることが多い上に、今は拠点に×《スラー》と楽しかいないのだ。

少し前までは宇田《うだ》がいたので雑用の分担ができたけど、それも難しい。

宇田は殺連《サツレン》に潜入中である。

できるだけ×《スラー》の手を煩わせることのないよう配慮したい鹿島だが、楽がその手のことに気を回してくれるとは思えない。

――一刻も早く拠点に戻りたいところですが……。

「この雨、もうしばらく続くと思いますよ？」

「……つかぬことをお聞きしますが、傘をお借りするわけには？」

「すいません。ちょうどこないだ置き傘を処分しちゃったところで」

自分が悪いわけでもないのに、ものすごく申し訳なさそうな顔をする彼。

いたしかたなく、鹿島は雨宿りをすることにした。


お店の中は外見に負けず劣らず、だいぶレトロな雰囲気だった。

「古い店でアレですけど……あ、でも掃除はちゃんとしてますから！」

「そのようですね」

革張りのソファも、踏み心地がやわらかいリノリウムの床も、年季は入っているが小汚さは感じない。

「ここ、僕のじいちゃんの店だったんですよ。で、最近、まあ、受け継いだというか」

「そうでしたか」

弾んだ声に、適当な返事をする鹿島。楽しくおしゃべりなどする気はなかった。

けれども、彼は鹿島の様子などお構いなしに話し続けた。

「元々じいちゃんの淹れるコーヒーが子供の頃から好きだったんですよね。今の時代に喫茶店なんて不安定にもほどがあるって、親父《おやじ》には言われ――」

振り返った彼――若きマスターは、鹿島が入り口で突っ立っていることにようやく気づき、慌てて席を勧めてきた。

「とりあえず座ってください！　あとこれ……おしぼり！　あったかいやつ！」

「ありがとうございます。助かります」

「何か飲みます？　って言っても、コーヒーしかないですけど」

「いえ、おかまいなく」

そう言った次の瞬間、鹿島は思った。

――コーヒーを注文しろ、という意味だったのでしょうか。

厚意で雨宿りを勧めてくれただろうとはいえ、こうなってくると何も注文しないのも悪い気がしてくる。

鹿島は考えた。

――この先も、組織にはいくらあっても足りないというくらいお金が必要です。塵《ちり》も積もればなんとやらと言いますし……。

できるだけ無駄なお金は使いたくないのが正直なところである。

――ですが、あとどれくらい雨が続くかもわからない中、何も頼まないというのも……。

鹿島が本格的にうぬぬと呻《うめ》いたところで、マスターが申し訳なさそうに声を出した。

「今日はお代とかいいんで、ほんとに。なんか逆に気を遣わせたっぽくてすいません」

「いや、ですがそれではさすがに」

「いやいやいや、僕がムリに中に引っ張り込んだようなもんですし」

「いやいやいや、入ると決めたのはこちらですから」

話がまとまりそうにない。

この時、鹿島は正直疲れていた。

散々話の通じない輩を相手にし続けて、癒やしも糖分も足りていなかった。

だからつい、言ってしまったのだ。

「では……お言葉に甘えて」

「ぜひぜひ！　実は今晩のうちに飲んじゃいたいコーヒーがありまして、売れ残りなんですけど。ほら、コーヒー豆って粉にすると賞味期限が短いから。それで準備してたところだったんですけど、やっぱり一人で飲むのもアレじゃないですか！　だからむしろありがたいっていうか」

マスターは、ぱぁっと明るい笑顔でつらつらとしゃべりながらカウンターへと引っ込んでいった。

——少々変わったマスターのようですねぇ。

自分のような〝ちょっと怪しいトナカイさん〟を店にあげ、その上コーヒーを振る舞おうというのだから、ずいぶんと気のいい人ではあるのだろう。

——お人よしが過ぎるのも、どうかと思いますがね。

他人事《ひとごと》ながら、少しだけ心配になる鹿島である。

しばらくすると、カウンターからとんでもなくフルーティーな香りが漂ってきた。

コーヒーをという話だったのに、果物《くだもの》でも剝《む》いているのかと思うほどの香りだ。

しかし、見るとマスターは確かにコーヒーを淹れていた。

コーヒーサーバーに焦げ茶色の液体がみるみるたまっていく。

カウンターにちょこんとおかれた白いカップにマスターがその液体を注いでいくと、またもやフルーツのような甘い香りが広がった。

「どうぞ、ブラックアイボリーです」

——聞いたことのない銘柄ですが、はて……。

少しだけ砂糖を入れて、鹿島がそれを口に含む。

すると。

「っ……これは……！」

「ちょっと驚きますよね」

マスターは嬉《うれ》しそうな顔をしていた。

「本当に、これがコーヒーなのですか？　まるで果物をかじっているかのような……！　それにこのまろやかな舌触りに甘み。飲み下したあとにも、まるで苦みがない」

まさしく人生初の体験に、鹿島の興奮がおさまらない。

「これほど美味《おい》しいと感じたコーヒーは、初めてです」

「そうでしょうとも、そうでしょうとも」

鹿島にとってコーヒーは嗜好品《しこうひん》ではあるものの、こだわるほどのものでもない。もっとハッキリ言えば、飲めればいい。

マズいコーヒーを飲みたいとは思わないが、お財布が痛まないのであれば、ファストフード店の百円のコーヒーだって構わなかった。

だけど、こんなに美味しいコーヒーが飲めるとなると話が変わってくる。

——ぜひともボスにも味わっていただきたい、逸品……！

きっと×《スラー》なら、この味を気に入るに違いない。鹿島はそう思ったのだ。

「ブラックアイボリーと言っていましたね。このコーヒーはテイクアウトも可能で？　も

しくは粉にして販売していただくことは？」

「あ、えっとですね……あるにはあるんですけど……」

急に歯切れが悪くなったマスターが、申し訳なさそうな顔でメニュー表をテーブルに置いた。最後のページを開きながら、彼はやはり申し訳なさそうに言った。

「特殊なコーヒーなもので、直接買いつけに行ってまして、日本《にほん》だと今のところうちだけが特別に販売許可をもらってるみたいで。すいません。こんな値段になっちゃうんですよ」

「拝見しましょう」

どれどれと値段を見る。

──ん？　おかしいですね。ゼロがダブって見えているような……。

かすみ目かなと、何度か瞬《まばた》きしてからもう一度。

──変ですね。どう見てもゼロが多いような。

鹿島は思わずトナカイの目をこすっていた。

「あー……やっぱ引いちゃいます？　この値段」

「……まさかと思いましたが、これが正しい値段だと？」

「はい。何しろこれ、知る人ぞ知る高級コーヒーなものでして」

——と、いうことは、これは一杯……。

「七千円なんですよ」

「ッッッ！」

たははと笑いながら言ってのけるマスターを前に、鹿島は目を見開いた。もちろんトナカイの中でだが。

「一杯が七千円だとすると、粉としての販売となると……」

「四、五杯分で、三万円ってところですかね」

数字を聞いただけでクラクラしてしまいそうだ。

売れ残りだと言っていたが、それも当然というものである。

——そんな価格のコーヒーを、いくら無償での提供だからといえ、私は……私は……！

もはや鹿島は美味しいと思ってしまったことすら、恥じたい気分だった。

同時に、バカバカしいとも思った。

「信じられませんね。コーヒー一杯にそんな値段がつくとは」

「ですよね。それだけ人間って食に対して貪欲なんだなぁと思ったりしますけど」

「その価値に見合うだけの人間がどれほどいるかは謎《なぞ》ですがねぇ」

「あは、厳しいこと言いますね〜」

「事実でしょう。金を出したからとて、本当に価値を理解しているとは限らない。そんな輩は大勢いますから」

――あの方ならば……いや、あの方だけが、きっと正しく理解できるに違いありません。だからと言ってホイホイ買って帰るわけにもいかない。

高いからこそ、美味しく淹れる技術が必要となるはずだとふんだのだ。

鹿島はひとまずコーヒーの購入を諦めた。

その様子を見ていたマスターは、どうも何かを勘違いしたようだ。

「あっ、もちろん最初に言った通り、今夜のお代は取りませんから！」

全開の笑顔に「気にしないでください」と書いてある。

そんな顔をされたら逆に気になってしまう。

×《スラー》以外の人間に心を砕く必要なんてこれっぽっちもないとわかっているが、鹿島はちょっぴり居心地の悪さを感じていた。

「ちなみに……なのですが」

「はい、なんでしょう？」

「こちらのお店、通信環境は整っていますかね？」

「もちろん入れてますよ。リモートワークにも最適な環境だと思います！」

マスターの目がキランと光っている。

完全にまたのご来店を期待している目である。

「……念のため聞いておいただけです」

「はい！　でも、気が向いたらまた来てください！」

うまい事乗せられてしまった気がしないでもない。

だけど、嫌な気分ではなかった。

ガチガチだった鹿島の頭と体は、心なしか緩んでいた。

そんな中、鹿島のスマホにメッセージが届いた。ちょうど雨が上がった頃だった。

楽「何時に戻ってくんの？　食べるもの買ってきてよ」

楽からのメッセージに、鹿島は思いっきり眉《まゆ》をひそめた。

——あの人は。そんなものくらい、自転車にでも乗ってちゃっちゃと買ってくれば——。

しかし二投目のメッセージで、鹿島はすぐさま帰還を決意することとなる。

楽「ボスもなんか食べたいって」

「いけません！　すぐに戻らなければ！」

鹿島はカップに残っていたコーヒーをしっかり飲み切って、マスターに告げた。

「急用ができましたのでこれで。今夜はありがとうございました」

「お仕事、大変なんですね」

「自ら望んでしていることですから」

「頑張ってください！」

——ええ、それはもう。この身が朽ちるその時まで。

鹿島はお店を飛び出して拠点近くのスーパーへと走った。

一週間後、鹿島は再び純喫茶・〝宿り木〟を訪れていた。

フル充電したノートパソコンを手に長居する気満々だ。

拠点から一応歩ける距離にあり、都心へのアクセスも程よい。考えてみれば、粛々と事務仕事を進めるのに悪くない環境だと思ったのだ。

拠点にいると、楽がアレコレ話しかけてきてうるさい……というのもあったりした。

若いマスターは、鹿島の来店をやたらと喜んでくれた。

「あっ、鹿……じゃなくてトナカイさん、来てくれたんですね！」

「ブレンドコーヒーをお願いします」

「かしこまりました。すぐご用意いたしますね」

窓辺の席に座り、早速ノートパソコンを開く鹿島。

するとマスターがカウンターから声をかけてきた。

「そういえばどうします？　ブラックアイボリー買われます？」

「買いませんよ」

「あー……あはは、ですよね。あの値段じゃそう簡単には、ですもんね」

もちろんそれもある。

しかしそれより何より、鹿島には遠慮したい理由があったのだ。

「あれ、象のフンから取ったコーヒーだそうじゃないですか」

「……僕、最初に言ってませんでしたっけ？」

とぼけた顔のマスターを前に、鹿島はガクッと力が抜けるようだった。

あの夜、拠点に戻ってブラックアイボリーについて調べた鹿島は思ったのだ。

×《あの方》にお勧めするのは無しだな……と。

「珍しいですね、ボンヤリして」

マスターの声で、鹿島はハッとした。

初めてこの店を訪れたあの夜の記憶から現実へと引き戻された瞬間だった。

時計を見ると、十分くらい進んでいた。

——しまった。思い出なんかに浸っている場合ではありません。

鹿島は今度こそ、よそ見は厳禁だと作業に没頭した。

採用不採用にわけた履歴書データを確認しながら、それぞれにメールを送っていく。

ちなみに、最近新たに裏バイト専門のウェブサイトに出したバイト募集の広告は、宇田に相談しながら作ったものである。

そのおかげか、だいぶまともな応募者が増えたので鹿島はほっとしていた。

——最初から彼に相談していればよかったですかね……。

次の面接では、かなり期待できる人材が集まりそうだ。

鹿島は心なしかウキウキした様子でキーボードを叩《たた》き続け——その日のタスクを次々消

化していった。

「では今日はこれで」

「一日お疲れ様でした！」

マスターの陽気な声を背中に聞きながら店を出る。

——急いで帰るとしましょうか。

そう思ったところに、楽からメッセージが届いた。

楽「今日ってさ、例の喫茶店？　コーヒーひとつよろしくっす」
鹿島「ボスはどうしているんです？」
楽「え、スルー？　まだ戻ってないけど」
鹿島「そうですか。わかりました」
楽「やっぱスルーしてね？」

それには返答せず、鹿島は拠点に向かって歩き始めた。

楽には途中のコンビニでコーヒーでも買って帰ればいいかと考えた。

その後も、鹿島の〝宿り木〟通いは変わらず続いた。

週に一度か二度。短い時は二〜三時間で、長い時は半日くらい滞在する。

その様子が、楽にはせっせと通っているように見えたようだ。

鹿島は何度か質問された。

「そんなにいい店なの？」

その都度、鹿島はこう答えた。

「少なくとも、仕事の邪魔をされることはありませんねぇ」

「ふ〜ん、そりゃよかったね。ところで腹減らない？　俺、鍋の気分」

「……そういうところですよ、楽さん」

事務処理に集中したいときは〝宿り木〟に限る。

鹿島はそんな風に思うようになっていた。

そんな、ある日のことである。


昼過ぎの面接者たちは大当たりだった。

——鬼ケ原《おにがはら》さんも高御堂《たかみどう》さんも、こちら側の人間とまではいきませんが、それなりに使える駒になりそうです。何より、見た目に反して忠義心に厚そうなところがいいですねぇ。

鹿島は久しぶりの収穫に、どこかウキウキした足取りで〝宿り木〟に向かっていた。

——今日は堀口《ほりぐち》からも実験成果の報告がある予定……メールを確認して、次の指示を出し、あとはさらなる科学兵器開発に役立ちそうなラボの情報でも集めるとしましょう。

頭の中で仕事の段取りを組みながら、意気揚々とお店の扉を開ける。

ところが、鹿島は店に足を踏み入れるなり、トナカイの中で顔をしかめた。

店内から、するはずのないタバコの臭いがしたからだった。

——ここは禁煙だったはずですが……。

なんとも言えず、嫌な感じがする。

店内に他のお客の姿はない。代わりに、店の奥でマスターがしゃがみこんでいた。

「……どうかしたのですか？」

「えっ？　あっ……」

マスターは背中を丸めて何かを拾い集めていた。

「あっ、い、いらっしゃいませ！　えっと……とりあえず座ってください！　すぐ片づけるんで」

振り返ったマスターの様子が明らかにおかしい。

よく見ると、床には割れたカップの欠片が散乱していた。

「すいません、ちょっとやらかしちゃいまして……」

などと言うマスターだが、背中が小刻みに震えている。

単に落として割ってしまったとか、マスターのドジじゃないことは目に見えていた。

「誰かいらしていたようで。ずいぶんとお行儀の悪い方だったとお見受けしますが」

「……いや、別にそんなんじゃ」

「どこのどなたです？　この店に悪さを働いたのは」

心なしか、鹿島の声は怒気を含んでいた。

「や、ほんと、なんでもないんですって」

「なんでもないことはないでしょう。相手がわかればこちらも――」

そう言いかけて、鹿島がハタと黙り込む。

――私は何を言おうとしていたのでしょうか。

確かにこのお店は気に入っている。

マスターもこの町の住民も、鹿島にとっては守られるべき弱者であることに変わりない。

だからといって、今、組織が大きな計画に向かって準備を進めているこの時に、余計なことに気を取られている暇はないはずだった。

――とはいえ、この店がもしも理不尽に奪われるようなことがあったら……。

鹿島は、なんだかとても不愉快な気分になった。モヤモヤして、イライラした。

そのイライラを、鹿島はついマスターにぶつけてしまった。

「打てる手があるかもしれないのに何も対策を講じないのは、愚か者のすることですよ」

「えぇ……？　なんですか急に」

「詳しいことは知りませんが、こんなくだらないことをする輩は、どうせ地元のヤクザか何かなのでしょう？　この辺りは古い商店が連なっていますからねぇ。土地一帯を買い上げてマンション建設を目論《もくろ》む建設会社——なんてものがいてもおかしくありません。となると、地上げ屋が嫌がらせにでも来ましたか」

「おおっ、見事な考察！　すごいですね」

「感心している場合ですか」

マスターのいつもと変わらないのん気な声に、鹿島の苛立《いらだ》ちが増してしまう。

「いつからです。この手の嫌がらせは」

少なくとも、鹿島が来ていた日にはなかったはずなのだが。

「代替わりしてからですか？」

「そういうわけでは」

「まさか、お祖父《じい》さんが経営していた時からなどとは、言いませんよね……？」

「……いやぁ、はは」

——そんな前から放置していた、と？

呆《あき》れてものが言えないとは、まさにこのことだと……鹿島はため息をついた。

「しょうがないじゃないですか！　じいちゃんが必死で出した店、潰したくなかったし」

「そうではなくて……何故《なぜ》ここまで放っておけるのかと……」

「じいちゃんも他の店の人も、そうやって耐えてたんだ」

「愚かにもほどがあるでしょう」

「でも、そうやってこっちの毅然《きぜん》とした姿勢を示して、話し合いを重ねれば——」

「分かり合えるなんて夢物語もいいところでしょうね〜〜〜」

それきりマスターは黙ってしまい、鹿島はそのまま店を出た。

案の定、ちょっと調べただけで、あの一帯を地上げしているのがとあるヤクザとそのフロント企業だと判明した。

——私は何をしているのだ。こんなことを調べてもなんにもならないのに。

拠点に戻ってからも、鹿島の謎のイライラは消えてくれなくて。

さすがの楽も、話しかけるのを躊躇《ちゅうちょ》したほどである。

――助けたい……などと、こんな個人的感情は、今の私には不要のもの。
あの方からの任務を遂行することだけ考えよう。
鹿島はあらためて心に誓い、ノートパソコンを閉じた。
そこへメッセージが届く。
出先の×《スラー》からである。
新たな任務か急用かと、鹿島はいそいそとスマホを確認した。

×《スラー》「頼んだよ、鹿島」

そのひと言と共に、データが貼りつけてある。
すぐに目を通した鹿島は、小さく身震いした。
「これは……新たにまとまった資金調達が必要になりますねぇ」
今後の計画の一部が書かれたデータを見ながら、鹿島が考える。
――私は運がいい。ちょうど、叩ける会社の情報がココにあるのですから。
閉じたばかりのノートパソコンを開き、再び調べものを始める鹿島。
さっきまでのモヤモヤとした気分は、どこかに吹っ飛んでいた。

半月後。この日、鹿島は久しぶりに〝宿り木〟を訪れた。

マスターは少しびっくりした顔をして、それから嬉しそうに笑った。

「今日も、ブレンドでいいんですよね？」

「ええ、お願いします」

最低限の返事をして、すぐにノートパソコンを開く鹿島。

今日もまた、やるべき書類仕事がたくさんある。片っ端からやっつけるつもりで、鹿島はここへやってきていた。

それからすぐ、カランコロンとドアベルの音がして、

「よ～、そろそろ引っ越しの準備はできたかよ？」

ゲラゲラと下品な笑い声を上げる、いかにもガラの悪い男たちが入ってきた。

──ああ、なるほど、これが例の悪さをした人たちですか。まさか今日ここに来るとは。

そう考えながらまったく気にしないそぶりで仕事を続ける鹿島。

マスターが慌ててカウンターの奥からすっ飛んでくる気配がした。

「何度も言ってるじゃないですか。ここを出る気はありません」

「ああっ？　てめぇ……ふざけるのも大概にしねぇと、痛い目見るぞ」

「暴力はやめてください。他のお客さんの迷惑になります」

「客ぅ？　んなもんどこに……うおっ⁉」

と、振り返った男の一人が素《す》っ頓狂《とんきょう》な声を上げる。

「なんだ、てめぇ⁉」

――うるさいですねぇ。

鹿島が顔を上げると、男はますます目をぱちくりさせた。

「なんだありゃ……鹿？」

「なんのコスプレだよ」

「じっと見てると気味わりぃな」

「あの鹿、マジもんか？」

ぼそぼそとしゃべる男たち。

鹿島は大きくため息をついて、こう言った。

「鹿ではなく、私、トナカイさんなのですが」

そのひと言に、今度は男たち全員の目が点になった。

そして。

「ぶはっ！　だはははは！　なんだそりゃ！　サンタさんのお守《もり》でもしてんのかよ！」

「自分でトナカイさんですとか……バカみてぇ！」

「変態トナカイ野郎、ここに現る！　つってな！」

それはもうゲラゲラと笑い続ける男たち。

鹿島は黙っていた。

じっと耐えていた……わけはなく、あまりのくだらなさに呆れていたのだ。

間もなく、男たちは態度を一変させた。

「おいトナカイ野郎、無視してんじゃねぇぞ」

「つーかさ、とっとと出てけよ。立て込んでんの、わかんねぇ？」

「……私も少々立て込んでおりましてね」

「あ？」

「見ての通り、仕事中なのです。邪魔すると殺しますよ」

男たちがみるみる顔を引きつらせる。

そのうちの一人が、テーブルのグラスを手に取り、中身をノートパソコンにぶちまけた。

「仕事はなくなっちまったってよ」

店の中に沈黙が広がった。

男たちはひたすら鹿島を睨《にら》みつけていて。

ゴゴゴゴ
…!!
ゴクリ

マスターは真っ青になっていた。

そして鹿島は——。

「私の邪魔をするとは即《すなわ》ち、あの方の邪魔をするということ。とても許せませんね～～」

ゆらりと鹿島が立ち上がる。その圧に、さすがに男たちが怯《ひる》んだ様子を見せたが。

「うるせぇ！　もういい！　やっちまえ！」

一斉に鹿島に殴りかかってくる男たち。

その直後、純喫茶・〝宿り木〟に鹿島……ではない男たちの悲鳴がこだました。


「まったく……とんだ時間のロスです」

チンピラどもをボコボコにして、ひとまとめに縛り上げた鹿島。

マスターは信じられないという顔で、それを眺めていた。

「さて——私は急用ができましたので、これで」

「えっ、あのっ、その人たちは……！」

「……ああ、ご心配なく。あなたが心配するようなことはありませんので」

鹿島が団子状の男たちを引きずりながら店を出る。

「待ってください！」

「はい？」

振り返ると、マスターの手には紙袋が提げられていて。

「これ……今日の、お礼……に。ブラックアイボリーの粉……」

「……お気になさらず。私がやりたくてやったことですから」

「でも！」

「いえ本当に。では私は急ぎますので」

そう言って、鹿島は今度こそ歩き出した。


しばらく歩いていると、楽から電話がかかってきた。

「はいもしもし？　どうしました？」

電話の向こうはやたらと悲鳴がうるさかった。

楽のミンチハンマーの餌食《えじき》になっているヤクザたちの声だろう。

「首尾は上々のご様子で……ええ、ご協力感謝します。えっ？　なんですか？」

何度か聞き返す鹿島。

駆り出された報酬にコーヒーを、と言っているのがかろうじて聞こえてくる。

「ともかく、私も思わぬゴミを拾ったので、そちらへ捨てに合流します」

そう言って、鹿島は電話を切った。

――やはり先ほどのブラックアイボリー、もらっておけばよかったですかね。それにしても……重いですね、この方たちは。この手の力仕事は、誰かに任せたいものです。

半月前に面接した二人のいかつい男の顔を思い浮かべながら、鹿島は雇用契約書の締結を急がなければと考えた。


その後、とある暴力団組織が人知れず解散し、そのフロント企業が町から消えた。倒産したわけでもなく、ある日ふっ――と、忽然《こつぜん》と。廃業した会社の金庫からは、多額の資金も消えていたとかいないとか。

同じ頃、今後の計画のために必要な資金を調達することに成功した鹿島は、×《スラー》からもらった「ありがとう、鹿島」のひと言に、それはもう舞い上がるほど喜んだのだった。


あれから純喫茶・〝宿り木〟では……。

「あ、いらっしゃいませ！」

「おうっ、最近景気はどうよ？　って、相変わらずガラガラじゃねえかよ。ったく、地上げ屋もいなくなったってのに、これじゃ……うおっ⁉」

窓辺に座る鹿――ではなく、トナカイの男に驚くおじさん。

相変わらず、鹿島は時々店を訪れていた。

「なんだよ、今日は来てる日か。そんじゃ、またにするよ」

「あの、いつも言ってますけど、そんな避ける必要は……」

「ばっか、お前、この町の守り神様だぞ？　避けてんじゃねぇ、敬ってんだ」

そう言って、おじさんは鹿島に静かに手を合わせると店を出て行った。

扉が閉まって少ししてから、鹿島はマスターに聞いた。

「……あの方、やはり私を拝んでませんでしたかね？」

「そうですね。だって、トナカイさんはこの町の守り神様ですから」

――はて。何を言っているのか、さっぱりわかりません。


今も、鹿島は知らなかった。

窓辺に座る〝神の使い〟――を超えて、もはや自分が町の守り神と言われていることを。

店どころか町からヤクザを追い出して、人々を守った神。

もちろん、そんな自覚もつもりも、鹿島にはない。

ともかく――鹿島は今日も、純喫茶・〝宿り木〟の窓辺で仕事をしている。

花のほっこりデイズ

SAKAMOTO DAYS

教室の中はいつもよりザワザワしていた。

席に座った子供たちがチラチラと後ろを振り返る。

みんな目をキラキラに輝かせていた。

坂本花《さかもとはな》もその一人である。

ちょうど真後ろに並んで立つ二人の姿を見て、花は目を大きく見開いた。

葵《あおい》はニコニコと太陽のような笑顔をしていた。

その隣に立つのは坂本太郎《たろう》その人だ。タップタプのアゴとぽってり丸いお腹《なか》が、まるでクマさんのようである。

花にとっては何よりも大切で大好きな、パパとママ。

「はい、それじゃあみんな、そろそろ前を向きましょうね」

担任の先生の言葉に、クラスのみんなが「は～い」と元気よく返事をする。

授業参観は実に和やかな空気で始まった。

「今日の授業は、作文の発表です。みんな、一生懸命書いてくれたかな？」

「は〜〜〜い！」
これまた元気な返事が教室の中にあふれる。
みんな、自分が指名されるかもしれないという期待と緊張に、ほっぺを赤くしていた。
花はというと。
「それじゃあ……」
クラスを見渡す先生の視線を、じ〜っと追いかける花。その顔は真剣そのものだ。
「今日は二十三日だから、二列目前から三番目の……ハナちゃん！」
──きたっ！
パァッと、花が顔を輝かせた。作文を発表できるのが嬉《うれ》しくて仕方がないという顔。
だって、クラスのみんなに知ってほしいから。
大好きで自慢の家族の日常を。花たちの当たり前の毎日を。
「はいっ」と元気よく立ち上がり、もう一度、チラリと後ろを振り返る花。
キラッキラの目に映っているのは、もちろんパパとママである。
二人は、花以上にホクホクと幸せそうな顔をしていた。
花は黒板へと向き直ると、大きく深呼吸をした。
それから四百字詰めの原稿用紙をまっすぐ前に突き出すように持って「ハナのかぞ

く！」とタイトルを読み上げる。

みんな、聞いて聞いて！

そう言わんばかりの花の発表が始まった。


「は～な、そろそろ起きる時間よ～」

葵の優しい声が聞こえてくる。

花はまだ布団《ふとん》の中でウトウトしていた。

「まってぇ……こんぺーとーが、ふってくぅから……」

ガラガラ音を立ててカミナリが落ちてきたと思ったら、街中が虹色の金平糖に埋め尽くされていた――なんて夢を見ている花。

一階のほうからシャッターを開ける音が響いてるせいかもしれない。

毎朝一番に起きる坂本が、ちょうど開店準備をしているのだ。

むにゃむにゃ寝言を繰り返す花に、もう一度葵が声をかけた。

「ほ～ら、起きないとゴハンの時間がなくなっちゃうわよ～」

――………ゴハン！

花がパッチリ目を開ける。

それから大きなあくびをして……。

「ママ、ごはん、なーにー？」

「鮭《しゃけ》と甘い卵焼きと昨日の残りの煮物と……あと、きゅうりのお漬物よ～！」

お玉を片手に、葵が寝室にひょっこりと顔を覗《のぞ》かせた。

その瞬間、ふわりと漂うお味噌汁《みそしる》のいい匂い。思わず花のお腹がグゥと鳴る。

「顔を洗って、歯を磨いて、そしたらゴハンにしましょうね」

「は～い！」

布団をはねのけてピョンと起き上がると、花はすぐに洗面所へと駆けていった。

「つめたーい！」

顔をバシャバシャ、歯をシャカシャカ。

それが終わるともう一度寝室に戻って、葵が出しておいてくれた洋服に着替える。

ここまで全部、一人でできるのが花の密《ひそ》かな自慢である。

ほんのちょっと前まで葵に手伝ってもらっていたのに。なんだか少しお姉さんになった気分なのだ。

「ママ、できたー」

食卓にちょこんと座ってテレビを見ると、時間は七時二十分。

いただきますの時間がやってきた。

食卓には三人分の朝食が並んでいた。

大根のお味噌汁にホカホカ炊き立てのご飯と、たくさんのおかずを前に、ますますお腹が空《す》いてきて。

――おいしそう～！

目をつぶってパチン。花はしっかりと手を合わせて言った。

「いただきます！」

するとどこからともなく、ぴゅうっと風が吹いてくる。

目を開けると……。

「おはよう、花」

「パパ！　おはよう！」

今の今まで誰もいなかったイスに坂本が座っていた。

どことなく上機嫌な様子である。

お店を開けたあと、坂本は必ず葵の作った朝ご飯を食べに戻ってくる。

朝食は花にとって、大好きなパパと一緒にご飯を食べられる大事な時間でもあるのだ。

ちなみに、この間は坂本に代わってシンがお店を見ている。

「あなた、あとでシン君にこれ持って行ってあげてね」

「わ〜、たまごのサンドイッチだ〜！　おいしそう！」

花がはしゃいだ声を出す横で、坂本は少しばかりメガネを曇らせた。

「……シンにやるのは、もったいない」

「ダメよ。シン君ったら、いつも簡単なものばっかりなんだもの。たまにはちゃんと栄養あるもの食べなくちゃ」

ほとんど毎日出勤しているシンは、もはや家族と言ってもいい存在。

花にしてみれば、優しいお兄ちゃんのようなものだ。

だから花は「花がおとどけしてあげる！」と手を上げた。

そうでもしないと、いつの間にか坂本のぽよんぽよんのお腹の中に消えていた……なんてことにもなりかねない。

——パパはママのごはんが大すきだけど、シンくんにもたべてほしいもんね！

そう思う花だけど、何やらしょんぼりしてしまう坂本を前に、つい、

「パパにはサンドイッチないの？」

などと、葵に聞いてしまう。

花の言葉に、坂本も期待の眼差《まなざ》しを向けたが、葵の返事はこうである。

「ダメよ。最近パパ、またお腹が大きくなってるんだから」

花は坂本のふっくらやわらかいお腹が大好きだったけど、葵いわく「健康によくないわ」ということらしい。

そうこうしている間に、時間はすでに七時五十五分。

そろそろ花は家を出る時間である。

ぬるくなったお味噌汁を一気に飲んで、慌ててランドセルを背に玄関へ飛び出す花。

「いってきまーす！」

「花！　シン君のサンドイッチ！」

——そうだった！

キキッと足を止めて、葵の元へと花が駆け戻る。

サンドイッチが入ったシュガーちゃんのきんちゃく袋をゲットして、今度こそ玄関扉を開けると坂本が待っていた。

手元のシュガーちゃんと坂本を見比べて、花のニコニコは止まらなかった。

強くて太ったウサギというちょっと変わったマスコットキャラクターのシュガーちゃん

が、どことなく坂本に似ている気がした。

花は、坂本もシュガーちゃんも大好きだった。

そんな大好きな坂本と、ほんの短い時間だけど、一緒に階段を降りられるこの時間も花のお気に入りだった。


一階では、すでに開店しているお店の入り口でシンが掃除をしていた。

「シンくん、おはよー！　これね、ママから！」

パンパンにふくらんだきんちゃく袋をポーンと投げると、すぐさまシンが「俺のサンドイッチ！」と慌ててキャッチする。

さすがシン。花がサンドイッチを思い浮かべているのを読んだらしい。

「たまごのやつだよ！　すっごくおいしそうだった！」

「マジか。さんきゅー！」

と、シンが笑顔で手を振っている。花もぶんぶん手を振り返して歩き出した。

その直後「ぎゃあ！」と叫び声が。

振り返ると、

「ちょっと！　なんで想像で殺すんですか！」

シンが首元を手で押さえて涙目になっている。視線の先にいるのは、もちろん坂本だ。

たぶんまた、坂本が心の中でシンをどうにかしちゃったのだろう。

そんな二人の、他の人にはわからないやりとりが花は好きだ。好きだけど、ちょっとだけうらやましいとも思っていた。

だって、無口な坂本の頭の中が、シンには見えているんだから。

——ハナもえすぱーになりたいなぁ。

そしたらきっと、今よりもっと楽しいのに。

そんなことを考えていると、どこからともなく男の子の声が聞こえてきた。

「店長ぉ、見てみて〜。輪ゴム鉄砲つくってきた〜。ガンマン勝負しよ〜」

大通りの向こうから走ってくるのは、割りばしで作った鉄砲を嬉しそうに振り回している近所の男の子だった。

そこへ、一台の車が……！

「おいっ、あぶねーぞ！」

シンが叫ぶも、男の子の耳にはまったく届いていないようで。車道を突っ切るように走る彼の足は止まらない。

車のほうはといえば、すぐに気づいてブレーキを踏んだみたいだけど、急には止まれないらしく。運転手がとんでもない顔をしているのが、花にも見えた。

——ぶつかっちゃう！

そう思った瞬間、突然目の前に現れたのは、ぶるるんとお腹を震わせるシルエット。

かと思ったら、さらに次の瞬間にはすっかり消えていなくなっていて——？

「うわぁぁぁん……びっくりしたぁぁぁ！」

男の子の泣き声が聞こえてきたのは、車道ではなく坂本商店《しょうてん》の店先からである。

見ると、鼻水を垂らしながら泣いている男の子を地面に降ろして、坂本がふぅとひと息ついたところだった。

——さっきのはパパだったのか～！　さすがパパ！

ピンチの時に颯爽《さっそう》と現れて助けてくれる、強くて太ったそのフォルム。

やっぱり大好きなシュガーちゃんのようである。

一部始終を見ていた花に、坂本は言った。

「花、学校、気をつけて」

「うん！」

今度こそ、学校に向かって駆けだす花。

ちなみに、後方では男の子にぶつかりそうだった車の運転手が放心していた。

一、二時間目があっという間に終わって休み時間。
そこで花は大変なことに気がついた。

次の時間に着なきゃいけない体操着がないではないか！

「ハナちゃん、たいそうぎ、わすれちゃったの？」

お友達の心配そうな声に、花の瞳《ひとみ》がたちまちウルウルしてしまう。

「どうしよう～～」

今日の跳び箱はすっごくすっごく楽しみにしてたのに。泣きたい気分の花である。

そんな中、遠くの方から何やら妙な音が聞こえてきて。

ズドドドドドッ——と、まるで地響きみたいな音。

クラスのみんなも「なに、なに～？」「外から～？」とキョロキョロしている。

体操着のことはどこへやら。すっかり涙もひっこんで、お友達と一緒に窓へと駆け寄る花。外を見ると、砂埃《すなぼこり》を巻き上げてどんどん学校へと近づいてくる何かが見えた。

花はすぐに気がついた。

——パパだぁ！

車を追い越し、屋根を飛び越えてやって来たのは——自転車をこぐ坂本だったのだ。

あんなに早く、しかも後ろにシンまで乗せて自転車をこげるのは、世界中を探してもシユガーちゃんと、あとは自慢のパパしかいないはず。

嬉しくなって、花はすぐに声を上げた。

「パパ〜！」

「忘れ物、持ってきた」

「パパありがとー！　今からね、たいくだったのー」

「ギリギリ間にあってよかったすね、坂本さん」

花が体操着袋を受け取ると、二人はまたもとんでもないスピードで帰っていき……。

「パパがたいそうぎ、もってきてくれた！」

振り返ると、クラスメイトたちはみんな口をぽっかり開けていた。

「なぁなぁ、今のなに⁉」

「ハナちゃんのパパ、ヒーローみたい！」

「すげーはやかった！　あの自転車、どっかのヒミツけっしゃの道具とか⁉」

ワッと、盛り上がるクラスメイトたちを前に、思わずエッヘンしてしまいそうな花。

けれど。

「パパはね、サカモトショーテンの、てんちょうなの！　じてんしゃがとっても速くて、強いんだよ！　でもでも、ほーてーそくどはいつもまもるの！」

一瞬教室がシンとして、今度はどっと笑い声が起きる。

「うそだ～！　あんなのぜってー普通の自転車じゃねーもん！」

あれがいつもの坂本で、自転車はごくごく普通のものなのに何故《なぜ》か信じてもらえない。

最後は、「花のパパは映画のスタントマンでさっきのは映画の撮影だったんだ！」と、花にしてみればなんともトンチンカンな話になってしまったのだった。


体育が終わり、お腹ペコペコのまま四時間目をなんとか持ちこたえる。そうして、やってきたのは――待ちに待った給食の時間。

今日のメニューは揚げパンにクリームグラタンに、サラダと牛乳というラインナップ。

同じ班同士のみんなと机をくっつけて、いただきますを待つ花の顔はゆるんでいた。

この時間になると花は必ず「そろそろルーちゃんもきたかなー？」などと考える。

本当はルーも朝から出勤の予定になっているけれど、いつも寝坊してお昼くらいにやってくるのだとシンがブツブツ怒っているのを聞いたことがあった。

ルーはまったく、全然、これっぽっちも気にもしていないようだったけど。

――今日の肉まんは、どんな肉まんだろ～？

給食を食べながら、さらにおやつの肉まんを思い浮かべて「ふふふ」と笑ってしまう花。

ルーの作る肉まんは、葵の手料理の次に花の好物だったりもする。

「ハナちゃん、なんでわらってるの？」

隣の席のお友達がきょとんとしながら、こちらを見ていた。

「あのね、あのね。ルーちゃんの肉まん、たのしみだなーって思ってたの！」

「ルーちゃん？」

「花の、おねーちゃん！」

シンと同じで、ルーもまた家族のようなもの。だから花はそう言ったのだ。

「どんなお姉ちゃんなのー？」

「んーとね、強くて、おさけをのむと、もっと強くなるんだって！　あとね、肉まん作るのが上手！　たまにヘンなのも作ってるよ！」

「ヘンなのって、どんなの？」

「食べたお客さんがね、から～いって火を吹いた！」

「え～？」

とんでもなく辛い肉まんを作り出し、それをお客さんにも売っていたルー。

あまりの辛さに、食べたお客さんが顔を真っ赤にして口から火を吹いたことがあったのだ。ドラゴンみたいでかっこいいんだよとお友達に教えてあげる花だけど、やっぱりみんなは信じられないようである。

「フッ。あいかわらず、エキセントリックなガールだな！　そこがまたキュートだぜ！」

そう言って、どこからともなく取り出したチューリップを差し出してきたのは、クラスで仲良く（？）している男の子だ。

入学式でランドセルをほめてきて以来、何かと話しかけてくる。

学年で一番のオシャレさんでおませな彼は、事あるごとに一輪の花をプレゼントしてくれた。

家でそのことを話すと、すぐさま坂本が銃の手入れを始めるのが花は不思議だった。

その様子を葵が困ったように見ているので、花はなるべく内緒にしたほうがいいのかな、なんて考えたりもしていた。

結局いつも、ぜ〜んぶ話しちゃうのが花なのだけど。

それはさておき、ルーの肉まんの話である。

——ほんとなのにな〜。

ちょっぴり残念な気持ちになってしまう花。

どうしたらみんなに家族の〝いつもの姿〟を信じてもらえるのか。

給食を食べたあと、花はそのことばかりを考えていた。

放課後。

さようならの挨拶をしてランドセルを背負うと、花はすぐさま学校を出た。

お友達と一緒に帰ったり校庭で遊んだりすることもあるけれど、今日は別。早く帰って国語の宿題をしたいからだ。

もちろんルーのお手製肉まんも食べなきゃいけないし、シンと一緒に遊びたい。

それに、花がコッソリ楽しみにしている〝アレ〟もそろそろ来るはずで。

――今日は、どんなのだろ～？

ルンルン気分で帰り道をスキップする花。

お店が見えてくると、花はピタッと足を止めて、ソロリソロリと近づいた。

いきなりお店の中には入ったりせず、そっと様子を見てみると。

「死ねえええ！　坂本ぉおおお！」

大きな黒い筒を抱えた、黒ずくめの大男が叫んでいる。

――やっぱりいた！

思った通り、今日はやって来る日だったようだ。

何がって？　もちろん坂本の命を狙う〝ワルモノ〟たちである。

こないだ見たヒーローショーみたいに、坂本がたくさんの〝ワルモノ〟に狙われている

――ということを花もなんとなく知っているのだ。

でも大丈夫。

今まで一度だって坂本が〝ワルモノ〟に負けるのを、花は見たことがない。

お店の中では、大男が筒から火花と共に何かを発射。

途端、ガラスの向こうは煙で真っ白になってしまった。

――あ～ん、見えないよ～！

かと思ったら、すぐまた煙が晴れていく。

店の奥で、坂本がフーッフーッと激しく息を吹いていた。

「くそっ！　息で!?」

驚く〝ワルモノ〟に向かって、坂本が続けざまに飴玉《あめだま》を吹き出していく。

それが思いっきり〝ワルモノ〟の額《ひたい》にバチコンとヒット。〝ワルモノ〟が白目を剝《む》いて倒れたすきに、シンがガムテープのぐるぐる巻き攻撃をお見舞いしていた。

花の目には一瞬の出来事だったけど、ワクワクするには十分な一瞬だ。

〝ワルモノ〟がペイっと外にほっぽり出されるのを見届けてから、花は満足気な顔で「ただいまー」と大きな声を上げる。

お店の中はまだ少しだけモクモクしていて、文房具のコーナーはすっかりぐちゃぐちゃ。

これは、早く片づけないと葵に怒られてしまうかもしれない。

でも何も心配することはない。

「ハナもおてつだいするね！」

と、花が転がった消しゴムを拾う横で、坂本が目にもとまらぬ速さで散らばった商品をあっという間に元通りにしたのだった。

「花ちゃん、おかえりネ！」

そこへやってきたのは、作りたてホッカホカの肉まんを持ったルーである。

おいしそうな匂いに、ついついヨダレがジュルッと出そうになる花。

肉まんに釣られるように花はすぐさまルーの元へと駆け寄った。

すると、ピンポーンとお店のドアが開く時に鳴る音がして……。

どうやら新しいお客さん……ではなくて、またも新手の〝ワルモノ〟の登場である。

やってきたのはスキンヘッドの大きな男。そいつが、ナイフを持って叫んだ。

「オラァ！　どいつが坂本だこらぁああ！　ぶち殺してやるぉぁああああ！」

「も〜またすか」

ブツブツ文句を言うシンの横で、坂本もいかにも面倒臭そうな顔をした。

そこで花は、ここでもお手伝いをすることに。

「ねえねえルーちゃん、あれやってもいい〜？」

レジ横のスチーマーに肉まんを並べるルーにそう聞くと、彼女はニコニコしながら答えてくれた。

「どのボタンか覚えてるカ？　思いっきりぽちっとするとイイヨ！」

というわけで。椅子に上って、レジスターの特別ボタンをポチリ。

「ブギョッ⁉」

間髪《かんはつ》入れずに天井から落ちてきた鉄の塊に体ごと押しつぶされて、またもあっけなく〝ワルモノ〟は店外へと退場させられた。

そんな、すっかり見慣れた光景に花は思った。

――ちょっとだけかわいそう。

何せ〝ワルモノ〟たちはいつもコテンパンにやられてしまうので。

花は「お店やさん、してくるねー！」と、絆創膏《ばんそうこう》を握りしめ店の外へと駆けだした。

お目当ては、怪我《けが》して退場した〝ワルモノ〟たちだ。

物陰に隠れてしゃがみ込む彼らの肩《かた》をとんとん叩《たた》くと、だいたいみんな涙目で花を見上げてくる。

そんな彼らに、花は「いたいの、これでなおるよー」と絆創膏を渡してあげるのだ。

「……ありがとう、お嬢ちゃん」

「パパ、ほんと強いね」

花はにっこり笑顔でひと声あげた。

「おかいけい、二百二十円になります！」

「あ、うん。しっかりしてるね」

「さすが坂本の娘」

そう言われて、花はますますご機嫌になった。

――いつか花もパパみたいに強くなれるのかなー？

なんて思う花だった。


「きゃあ～！　どうしましょう～！」

太陽がすっかり傾き始めた頃、坂本商店のバックヤードから葵の声が響き渡った。

カウンターの隅で、宿題を広げてうとうとしていた花が、その声にビクッと目を覚ます。

今のうちに宿題をするつもりだったけど、少し前にルーの肉まんを食べたせいなのか、
花はすっかりおねむになっていた。

新聞を読んでいた坂本と、棚の整理をしていたシン、それから堂々と居眠りをこいていたルーも起きて、なんだなんだとバックヤードを覗き込む。

おずおずと姿を現した葵は、とても申し訳なさそうな顔をしていた。

「特売で買おうと思ってた唐揚げ用のお肉のこと、すっかり忘れてた」

「ええ～！　たくさん作るから一緒に食べてって……楽しみにしてたのに～！」

真っ先にルーが声を上げて「私の唐揚げ～」と、この世の終わりのような顔になる。

「オメーだけのじゃねぇだろ」

「やっぱりガッカリするわよねぇ？」

葵が大きなため息をつくと、静かに立ち上がったのは――坂本だった。

「買い物、行ってくる」

その言葉に、花は。

「はいはい！　花もいっしょに行く！」

再び、お手伝いの開始である。


というわけで、親子並んで商店街へやってきた花と坂本。

すっかりオレンジに染まった商店街を歩きながら、花はちょっぴりワクワクしていた。

いつもならとっくに家に帰っている時間。こんな風に夕方の街を歩くなんて、まるで大人《おとな》みたいではないか。

色んなお店の人たちから声を掛けられるのも、花には嬉しいことだった。

「今日は花ちゃんと一緒？　この時間に珍しいわねぇ。お饅頭《まんじゅう》食べる？」

「今夜のつまみに焼き鳥もってけ」

「あらぁ、こないだはどうもね。また新しいレシピの感想を聞かせてちょうだいね」

誰もかれもがニコニコしながら話しかけてくれる。

それを見て花はあらためて思ったのだ。パパは人気者だ！　と。

弾む気分と一緒に、気づけばスキップしていた花。

そんな花の耳に「危ない！」と声が……！

——ん？

同時に顔を上げた花と坂本。

二人の視線に飛び込んできたのは、ちょうど付け替え中のクリーニング店の看板だ。

それが、工事をしているお兄さんたちの手からツルっと落ちていく——まさにその瞬間を目撃する二人。

看板の下には小さな男の子と、そのお母さんが歩いていて……!?

あっと声を出す間もなく、花の横を風が吹き抜けていく。

次の瞬間には、ガシャーンと看板が親子に直撃……することもなく、坂本が見事にそれをキャッチしていた。

――いつのまにー⁉

びっくりしつつも花は思う。やっぱりパパはさすがである、と。

たちまち、商店街が拍手の音でいっぱいになる。

親子には傷ひとつなく、もちろん看板も無事。

工事をしていたお兄さんたちもすぐにハシゴから下りてきて、坂本に何度も頭を下げてお礼を言った。

「ケガ、なくてよかった」

それだけ言って歩き始める坂本に、花はなんとも誇らしい気持ちになる。

「パパ、かっこよかった！」

そう言うと、坂本はその大きな分厚い手で何度も頭を撫《な》でてくれた。

とっても温かいこの手が花は大好きだった。

そんなこんなで、目的のお肉屋さんへやって来た花たち。

お店のおじさんはとっくに看板騒ぎを知っていて。割引券までもらってしまい、さらには「もってけドロボー！」と大量の鶏肉《とりにく》を持たせてくれたのだった。

その帰りも、坂本が歩きがてらに町のちょっとした問題を解決するのを、花は見ていた。

サンマを持ち逃げされたと怒る魚屋のおじさんがいれば、直後にはどら猫を捕まえて。

「ひったくり！」の声が聞こえると同時に、犯人をお巡りさんに突き出している。

迷子の子供を見つけたと思ったらその一秒後にはお母さんを見つけ出しているし、家に帰るのを嫌がる犬を手懐《てなず》けるのもお手のもの。

段ボールで川を流される子猫を助けようとオロオロしている女子高生を発見すると、服も濡《ぬ》らさず助けることにも成功。

途中、平助《へいすけ》とピー助《すけ》の空腹コンビも拾ったりして、暗くなりつつある道を歩く。

「いやーマジで助かったー！　もう三日も何も食ってなくてよぉ」

「ピー！」

ツンツン頭でほっぺに丸模様が書いてある平助と、立派な羽根を頭に生やすピー助は相棒で大の仲良し。だからいつも一緒にお腹を空かせている。

花は、二人にこう言った。

「今日はね、ママのとくせいからあげだって！　よかったね！」

「ほんと、お前らいいやつらだな〜」

「ピー！」

家まであと少し。

花のお腹もペコペコだ。今から夕飯が楽しみでしょうがない。

お腹いっぱいご飯を食べたら、今度こそ国語の宿題をしようと花は心に決めていた。

その矢先。

「ピー！」

ピー助の叫び声と一緒に、パァンとうるさいクラクション。

何かと思えば目の前の交差点に、ふらふら揺れながら走るトラックが見えた。

その後ろを走る乗用車が、何度も何度もクラクションを鳴らしている。

それもそのはず、トラックの荷台に積まれた鉄骨が、ガタガタと動いて今にも落ちそうな気配である。

すぐに顔を見合わせて、コクリと頷《うなず》き合う坂本と平助。

何をどうする気なのかと思いきや、平助が即座にライフルを構えてトラックのタイヤに一発、二発と命中させた。

だけどトラックはまだ走り続けている。

しかも、トラックの振動で鉄骨はますます崩れそうに……！

ここでまたも花の目に、素早く立ち回る坂本の姿が飛び込んできた。

緩んだワイヤーから飛び出しそうな鉄骨を片手で押し戻し、反対の手でぶつかる寸前だった乗用車を押さえ込む。どっちも素手だから、まあすごい。

それから坂本は、バランスを崩して倒れそうになるトラックをヨイショと立たせたかと思うと、光の速さで鉄骨のワイヤーを結び直していったのだった。

「すげ〜！　やっぱすげ〜な、坂本太郎はよ〜！」

「花もそう思う！」

「ピー！」

だからこそ思った。

——これも、ぜんぶぜんぶ、書かなくちゃ！


その後、坂本商店の二階ではなんともにぎやかな夕食の時間が過ぎていった。

何しろ、坂本一家にシンにルーに、それから平助とピー助。六人と一羽の食卓だ。

葵が作った大量の唐揚げは見る間に消えて、みんなお腹をパンパンにしている。

このまま寝たら、絶対気持ちがいいやつだ。

それは知ってる花だけど、今日はどうしても机に向かわなければならないわけで。

花は「よーし！」と気合を入れると、五時間目の国語の授業で渡された原稿用紙を机に広げた。

「宿題？　何書いてるの？」

「あのね、先生がね、じゅぎょうさんかん用に作文書いてって！　テーマはね、かぞくなんだよ！」

花には書きたいことが山ほどあった。

大好きなパパとママのこと。

シンのこと、ルーのこと、それに平助とピー助も。

だけど、いざとなるとどう書き出していいかわからない。

特に、パパがどれだけすごいかを伝えたいけど、どう書けばいいのやら。

「いつも通り、ありのままを書けばいいのよぉ」

「ありのまま？」

「そうよ。花の見てるパパとママと、シン君とルーちゃんと平助君とピー助君のまま。そのまんま書けばいいって、ママは思うかな」

「そっかぁ！」

葵の言葉に、花の中で何かがパチンと弾《はじ》けた気がした。
原稿用紙がどんどん文字で埋まっていく。
あれもこれもと書いたせいで、紙が足りなくなったほどだ。
そうして九時もすぎると花は目も開けてられないくらい、眠くなってきて……。
おやすみなさいの時間である。
大きな布団の中、坂本のフカフカお肉と葵の甘い匂いに包まれる。
花はあっという間に夢の世界に飛んでいきそうになっていた。
——でも……この時間も大好きって……わすれないように、あした書かなきゃ……。
親子三人の布団タイムは、花にとっての一番の幸せかもしれない。
こんな毎日が、これからもずっと、ずーっと続けばいいなと花は願って眠りについた。

「——かぞくとすごす毎日が、はなはたのしくて、うれしくて、ハッピーです！　はなは、かぞくが大すきです！」
堂々作文を読み切った花は、誇らしげな顔をしていた。

教室は静まりかえり、聞いていた父母たちも生徒たちもどこかポカンとしている。

次いで。

ドッと、巻き起こる笑い声。

「うそだ〜！」

「ハナちゃんのかぞく、ヘン〜！」

「フッ。やはり君はおもしろいガールだな」

「こらこら〜、みんな笑っちゃダメよ」

そう言いながら、先生も複雑そうな顔をしていた。

だけど花はそんなことちっとも気にしていなかった。

誰に変だと言われても、これが花の大好きな家族だから。

またも信じてもらえないのはちょっぴり悔しいけど、まあいっかとも思う花。

ふと、花は教室の後ろを振り返った。

ニコニコ顔でピースをする葵の隣で、大好きなパパが、まん丸の体を小さくしてちょっとだけ泣いていていた。

それを見て、花はまた笑顔を咲かせた。

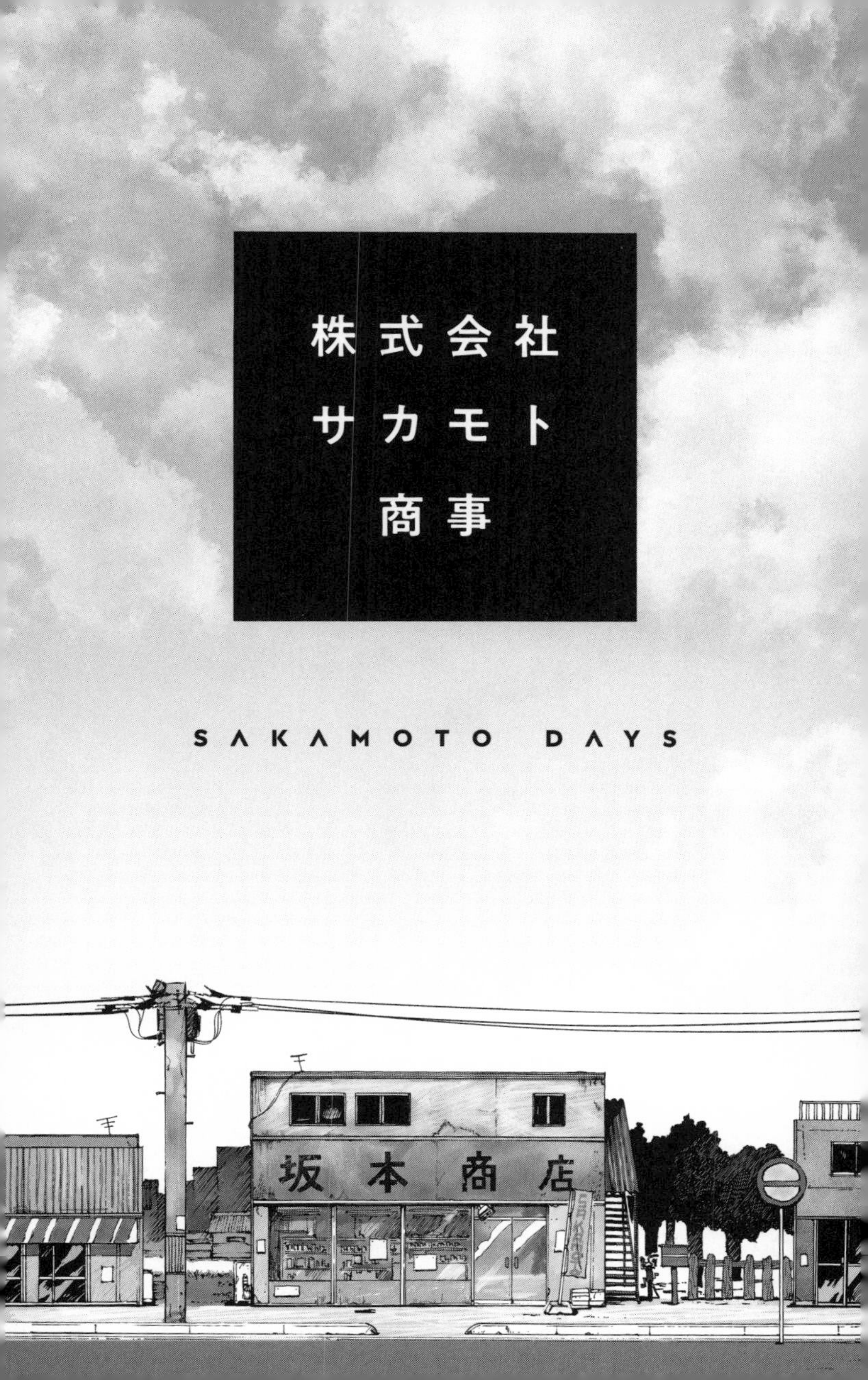
株式会社
サカモト
商事
SAKAMOTO DAYS
坂本商店

都心の一角にひっそりと建つ小さなビル。

壁面には、少し古くなった看板が掲げられていた。

〝株式会社サカモト商事《しょうじ》〟。

世間的には無名ながら、着実に堅実に業績をあげている会社だ。

これは、坂本《さかもと》一家が暮らす世界と似ているようで少し違う……そんな世界のお話である。


三階の営業部は今日も朝からバタバタしていた。

主な原因は、入社したばかりの新人・朝倉《あさくら》シンにあった。

シンは、リクルートスーツに不似合いの金髪《きんぱつ》を振り乱し、デスクの上をしっちゃかめっちゃかにしながら探し物をしていた。

「おっかしいなー。絶対ここに置いといたはずなのに、なんでないんだ？」

「何してるのさ～。もう時間だよ～？」

ダークスーツをさらりと、だけどオシャレに着こなした南雲《ナグモ》が、鞄《かばん》片手に入り口であくびをしている。

隣の島のデスクでは、ボサボサ頭でやる気のなさそうな勢羽《セバ》夏生《ナツキ》と、真冬でもないのにボア付きの帽子を耳まですっぽり被《かぶ》った加耳《カジ》丈一郎《ジョウイチロウ》が、それぞれ電話対応や外回りの準備に追われていた。人のことなど言えないシンだが、勢羽も加耳も会社員には見えなかった。

「僕、先に下に降りてるからね～。遅刻したら何言われるかわかんないし」

「あっ、ちょ、ちょっと待って――」

「やだよ～」

あははと笑いながら、南雲がとっとと営業部を出て行く。

早く追いかけなきゃいけないのはわかっているが、必要な書類が見つからない。

――やばいやばい。急がねぇと。なんでないんだよ。昨日ここに置いといたのに。

そこへ電話が鳴り響く。各島に一台ずつ置かれた固定電話である。

誰か出てくれないかと見回すが、気づけば勢羽も加耳もすでに姿は見えずで。

――いつの間に……。つーか、ルーはどこいったんだ？

もうとっくに始業しているのにどこにもいない。

ルーは事務のパートなのだが、遅刻は多いしすぐサボるしで、どうしてクビにならないのか不思議な人物である。

仕方なく電話を取ると、耳元で「赤尾《アカオ》さんいます？　経理の赤尾晶《アキラ》さん！　え、いないの？　部署が違うって？　じゃあ伝えといて！」と、一気にまくしたてられた。

慌ててメモを取りようやく終話したところで、むくりと起き上がる影が目に入った。

「なんか大変そうだたネ。やらかしたのカ？」

——コイツ、いたのかよ……！

デスクの下で寝袋にくるまっていたルーの存在に、シンはちっとも気づいていなかった。それらしいオフィススタイルではあるが、ルーの顔は寝起きそのものだ。しかも、口元にちょっぴりヨダレがついている始末で。

どうせまた飲み過ぎて終電を逃し、会社に泊まり込んだに違いない。

「あー体痛いネ。お家《うち》のベッドで寝ないと眠った気しないヨ。まだ眠い」

「二度寝すんな！　もう始業してんだぞ！」

「だって、頭めちゃ痛いんだもん」

「シジミ汁でも飲んどけよ。よく効くって法務の宮《みや》バァに教わったんだろ？」

「あーもう、ガタガタうるさい男ネ！　私のことより書類ダロ！」

その言葉に、シンは頰《ほお》をひきつらせた。

「お前……ずっと起きてやがったな？」

「ほらほら、会社でそんな騒いじゃダメよ～」

そこへやってきたのは社長秘書兼総務主任の葵《あおい》である。彼女はいわゆる総務のまとめ役で、つまりは事務方のトップ。サカモト商事を一代でここまでにした社長の奥さんでもあった。

「ルーちゃんはそろそろお仕事開始してね。シン君が探してる書類ってこれ？」

「あっ、あ――っ！　そーっす、これっす！　どこにあったんすか⁉」

「さっき南雲君とすれ違った時に、シン君に～って預かったのよ～」

「は？」

「今日の商談に必要なんでしょ？　頑張ってね！」

眩《まぶ》しい笑顔の葵を前にフリーズしてしまうシン。

――あのヤロウ……ッッ。

持ってたなら何故《なぜ》とっとと教えてくれないのか。意味がわからない。

念のため中身を確認すると、書類には南雲のメモが貼ってあった。

データの補足情報とともに「ほんと詰めが甘いよね～」の文字。

——あのヤロウ〜〜ッッッ。

ちょうど時を同じくして、スマホに南雲からのメッセージが入る。

南雲「ほんとに置いてっちゃうよ〜。殺されても知らないからね〜」


「うわっ、やべぇ！　行ってきます！」

慌てて鞄を引っ摑《つか》み、シンは部屋を飛び出した。

エレベーターを待っている時間も惜しく、階段を駆け下りてエントランスへ。

一階の廊下は、足がツルっと滑りそうなほどに輝いていた。壁も天井も照明もピカピカに磨き上げられて眩しいほどだ。

——今日も気合入った仕事してんな。

見ると、ぽよんと突き出たお腹《なか》を作業着に包んだ丸いメガネのおじさんがエントランスを掃除していた。

無口で何を考えているのかさっぱりわからないこのおじさんは、たった一人でサカモト商事のオフィスの清掃を任されているらしい。いつも思うがとんでもない掃除テクである。

「はようございます！　今日もすげーすね！　行ってきます！」

シンの挨拶に、おじさんは軽い会釈を返してくれた。その間にも自動ドアのガラス扉の汚れを拭きとっていく。

それにしてもこのおじさん、本当にしゃべらない。

サカモト商事に入社してから一か月。シンは毎日顔を合わせるこのおじさんの声を、まだ聞いたことがない。遠目におじさんが葵と談笑しているのを見かけたことがあるので、声が出ないわけじゃないみたいなんだけど。

ほんのり、おじさんのことが気になるシンである。

というか、もしや嫌われているのではと、シンはちょっぴり心配だった。

ヤンキー率、驚異の九十パーセント超えという、とある田舎《いなか》のヤンキー校を卒業して数年。地元では、泣く子も黙るジャックナイフとしてシンは恐れられてきた。

そのまま地元で裏の顔として君臨する……なんて未来はさすがに虚《むな》しく、シンは心機一転東京《とうきょう》へとやってきたのだ。

平穏無事にまっとうに。普通の社会人として生きようと決めて、就職雑誌を片手に面接を受けること数十社。

ようやく受け入れてくれたのが、このサカモト商事なのだ。

試用期間の三か月、きっちり成果を上げて必ず正社員になる。シンはそう決意していた。

だからたとえ掃除のおじさんだろうと、この会社の人には嫌われたくないのである。

「遅いよ～」

シンが会社を飛び出すと、歩道のガードレールに腰《こし》掛けていた南雲がスマホに目を落としながらぼやいた。

いやあんたが書類持ってるって言ってくれりゃ、こんなことになってねぇ。

などと抗議できるはずもなく、シンはとりあえず謝っておいた。

今は一刻も早く取引先へ向かわなければならなかった。


二人が訪れたのは都内の中心地に建つとあるビル。

ここの最上階にあるのが、株式会社ORDER《オーダー》――今日の訪問先である。

ORDERは勢いのある食品メーカーで、サカモト商事とは業務提携を結ぶ関係だ。

そして信じられないことに、南雲はこの会社の取締役員だったりする。

なんでも、業務提携が決まった時に南雲本人がサカモト商事への出向を申し出たらしい。

理由は「なんか面白そうだったから」だとか。

で、そんな会社に、何故ド新人で試用期間中のシンを南雲がわざわざ連れて来るかといえば、単純な話、社長の命令だからだそうだ。

ＯＲＤＥＲとの仕事で成果を上げることができれば、正社員の道は近いはず。

これはきっと、社長からのチャンスに違いない。

シンはそう思っていた。


オフィスを訪ねると、いつものように大佛《オサラギ》が出迎えにやってきた。

夜の闇をまとったかのような黒いパンツスーツに身を包み長い髪《かみ》をポニーテールにした、ミステリアスな女性である。最初はただの受付の人なのかと思ったシンだったが、実は彼女も役員だ。

株式会社ＯＲＤＥＲは少数精鋭。全員が役員という珍しい会社なのである。

「やっほ〜〜〜元気してた〜？」

「神々廻《シシバ》さんたちが待ってる」

いつもの調子で声をかける南雲を無視して、大佛は無表情で廊下の奥へと歩き出した。

通されたのは応接室とプレートがかけられた部屋だった。

——相変わらず妙な緊張感が漂ってんな。

シンはゴクリと喉《のど》を鳴らし、南雲の後に続いて部屋へと足を踏み入れた。

中にはすでに、神々廻、豹《ヒョウ》、篁《たかむら》……と、役員たちが顔を揃《そろ》えて座っていた。

全員が全員、暗黒色のスーツを着ていて、正直ヤバい筋の集まりにしか見えない。

「今日も時間ぴったりやん」

最初に口を開いたのは、背中まで伸びる長い髪と、それから顎《あご》先の大きな傷が特徴的な神々廻である。どことなく柔らかみのある関西弁《かんさいべん》のせいか、まともそうに見えなくもないが怒らせるとかなりヤバいと聞いていた。

「お世話になっておりま～す」

「南雲テメェ、毎度白々《しらじら》しい挨拶すんな」

ヘラヘラした調子の南雲を思いっきり睨《にら》みつけてきたのは豹。この人は見るからにヤバい。顎には鉄板のような謎《なぞ》のプレートが埋め込まれ、耳には無数のピアスをつけている。

そもそもかなりの強面《こわもて》だし、体がひたすらデカかった。

地元で遭遇したならば、かなりの覚悟を以《もっ》てしてメンチを切らねばならない男だ。

けれど、南雲をはじめORDERの面々に怖がる様子などまったくなかった。

「コーヒー、持ってくるね……」

やる気のなさそうな声を出して部屋を出ようとする大佛に神々廻が声をかける。

「それやったら鹿島珈琲《カシマコーヒー》に配達してもらったらええわ。ついでに鹿肉サンドも」

「いいね～。僕も久しぶりに食べた～い」

ちゃっかり便乗する南雲。

鹿島珈琲というのはここの近くにある喫茶店のことだそうだ。トナカイの被り物をした店主が淹《い》れるこだわり珈琲と、鹿肉を使ったヘルシーサンドイッチが評判のお店。なんと鹿は店主自ら狩ってくるらしい。

「いいからとっとと始めるぞ」

大佛が部屋を出ると、豹が舌打ちをした。

そのいかつさたるや地元のヤンキーどころの話ではない。

しかしシンは、この場において誰より〝ヤバい〟のが神々廻でもなく豹でもなく、もちろん南雲でもなくて、さっきから終始無言の篁であることを知っていた。

いつものことながら、篁は日本刀《にほんとう》を握りしめている。

パッと見は、杖《つえ》を頼りにしているおじいちゃんのような風情なのだが……。

「で、今回は納得のいく数字を出せるんだろうな？」

豹が不機嫌そうな声を出す。

それを聞いて、南雲はすぐさま楽しそうな顔をした。

「うわ～、今の、どっかのお仕事系漫画に出てきそう。真っ先に切られる担当者って感じのやつね！」

「いちいち挑発すんなや」

神々廻が呆《あき》れたように言う。

豹の発言を南雲が茶化し、一触即発の空気となる前に神々廻が二人を諌《いさ》める——という
のが、この三人のもはやルーティンのようだった。

一拍置いて、神々廻がこちらを見た。

「ほんで、結局どないやねん。そろそろ決めんと、お前んとこのルートは切るで」

「そんなことさせるかよ」

思わずヤンキーっぽさが出てしまうシン。

すると、極々小さな鍔《つば》鳴りの音が聞こえてきて室内に緊張が走る。

シンは慌てて訂正した。

「さ、させませんよ！　絶対納得させてみせます！」

篁は業務上の過失にめちゃくちゃ厳しい人なので色々と気をつけなければならない。

でないと、とんでもないことが起こってしまう。

シンは、出がけに散々探して結局南雲が持っていた例の書類を一部、神々廻に渡した。

「ま、これならえんちゃう」

書類に目を通しながら神々廻が軽く頷《うなず》く。

「ふん、最初からこういう根拠を出しゃ、こっちだって闇雲に反対なんてしねぇんだよ」

神々廻からほいと渡された資料を見て、豹も一応納得したようだった。渋い顔はしていたけれど。

あとは篁がＯＫを出せば、今日のところのミッションは早くも完了だ。

と、その時。

「はいどうぞ。コーラ持ってきた」

「ッッ⁉」

突然真横に現れる大佛。シンは声にならない声を上げた。

――いつの間に戻ってきたんだ……⁉

前から思っていたけれど、この人気配がなさすぎる。

ヤンキー界にも時々そういうタイプがいて、グループの抗争時、ステルス特攻の役目を負ったりするものだけど、その比じゃない。

コーラを配る大佛に、シンは心臓《しんぞう》のバクバクが止まらなかった。

みんなはといえば。

「大佛テメェ炭酸飲料なんて持ってくるやつがあるか！　お年寄りもいるんだぞ！」

篁を気遣って怒る豹。彼はちょうど、篁に資料を手渡しているところでもあった。

大佛は、案の定面倒臭そうな目をした。

「神々廻さんが飲みたいって言った」

「言ってへん。鹿島珈琲には連絡したん？　サンドイッチ、楽しみに待っててんけど」

ツッコミを入れた神々廻も、表情こそ変わらないが少し非難めいた声色《こわいろ》である。

当の大佛はコーラに夢中で。すっかりみんなを無視していた。

「いや聞けよ。ほんで篁さんは読み終わったん？」

神々廻の視線が篁に注がれる。つられてシンもそちらに目を向けた。

篁は起きているのかどうかさえ怪しい様子で、書類を手にしていた。

——あの人、ずっと目ぇ閉じてるけど資料見えてんのか？

シンはジッと篁を見つめた。

その直後。

「おいっ！　ここ、漢字間違ってんじゃねぇか！」

篁の横で様子を見ていた豹が声を上げた。

——げっ、やべぇ！

と、思うや否や、素早く抜刀し書類をバッサリ真《ま》っ二《ぷた》つにしてしまう篁。

ついでにテーブルも真っ二つである。

一瞬の出来事にシンの顔が真っ青になる。

あと数センチ前に座っていたら、シンもバッサリだったに違いない。

恐ろしいことに、これでもまだマシだということをシンはすでに知っていた。

初めてこの会社にやってきた日、シンは篁がフロアを半壊させる現場を目撃していた。

後から聞いたところでは、全国にレストランチェーンを展開している、どんでんホールディングスの社員でボイルという男が持ってきた資料に「ハードボイルド」の文字が三回出てきたところで抜刀したというのだから、とんでもない話である。

ちなみに、篁は全国居合協会のトップに立つ男でもあるのだとか。

——居合の達人って、とんでもねぇな。

この人にだけは逆らうまいと思うシンである。

「コーラ、入れなおしてくる」

「いやいや。今度こそ鹿島珈琲注文してきてや。頼むでほんま」

聞こえていないのか単に無視をしたのか、大佛は無言で出て行った。

それから、何事もなかったかのように話は再開された。

いつの間にか、新しいテーブルも設置されている。用意と手際のよさにビックリだった。

「あー……ほんなら、内容的には問題なしっちゅうことで」

「よかったね～。出した数字がダメだったら、死んでたかもしれないもんね～」

――シャレになんねぇよ。

心の中で南雲に悪態をつきつつ、一般社会の思わぬ厳しさを痛感するシン。

ついでにもうひとつ、シンは社会の荒波がどういうものかを知ることとなる。

「あ、そうそう。今日はもうひとつ議題があるんだよね」

ほいと南雲がテーブルに出した資料には、新規プロジェクトと書かれていた。

初めて見る資料だ。

「なんやねんコレ。新製品の企画書て、なんで商社に製品開発を提案されなあかんねん」

――俺も聞いてねぇんだけど。

難しい顔をしてペラペラ企画書をめくる神々廻を前に、シンは内心戸惑っていた。

「坂本くん直々《じきじき》の企画だよ～。新製品っていっても、ずいぶん昔に製造中止になったカップラーメンの復刻なんだけど」

「え、あのクマさ……坂本さんの?」

再びコーラを持って戻って来た大佛の目が、キラキラと輝いていた。

――またコーラ持ってきてる……。つーか今、一瞬クマさんって言いかけたよな。

業務提携しているくらいなので、ＯＲＤＥＲの役員たちは坂本社長のことを良く知っているのだろうと思われた。

クマさんと言いかけたってことは、社長はふっくら丸い体つきなのかもしれない。

一瞬、何故かシンの頭に、掃除のおじさんのシルエットが浮かんだ。

――って、んなことより商談だろ、商談。

シンは南雲たちの話を聞き逃さないよう、意識を集中させた。

「誰が企画したかどうかは関係ねぇ。やる価値があるかどうかだろうが」

「豹ってさ、モブっぽい発言するのがうますぎるよね」

「せやから煽《あお》るなて」

豹が苦言を呈し、南雲が茶化し、神々廻が諫める。またも繰り返されるルーティン。しかし今度はそこで止まらず豹がさらにこう言った。

「そもそもテメェらは商社。商社ってのはオレたちメーカーが作ったもんを、小売店に売るのが仕事だ。ハナから筋違いってもんだろうが」

「それさっき俺が言うたやつ。まあでも面白そうやし。やってみたらええんちゃう」

神々廻の肯定に、南雲はとびきり楽しそうな声をあげた。

「でしょでしょ～。ちなみにこれ、担当は僕じゃなくてシンくんだからよろしくね～」

「そうなんすね……って、はぁ⁉」

返事しかけたシンが、信じられないという顔で南雲を見る。

南雲はいつも通りの食えない笑顔で。

「坂本くん直々の指名だよ。よかったね」

「いや聞いてないっすよ！」

「うん。だって今朝《けさ》聞いて、今言ったんだもん」

「だもんって、あんたなぁ！」

勢いあまってシンがテーブルを叩《たた》く。

次の瞬間、篁が刀を振りぬくとドォンと凄《すさ》まじい音が響いた。

間一髪《かんいっぱつ》、南雲の助けにより体が真っ二つになるのを免れたシンは、口を金魚のようにパクパクさせながら、またもフロアが半壊する様を目に焼きつけることとなってしまった。

壁に、大きな刀傷が走っている。そのうち、天井からパラパラと破片が落ち始めた。

「わ～、さすが篁さん。衰えないね～」

ひたすら感心している南雲。

「命拾いしたな、新入社員」

どことなくドヤ顔の豹。

「あー……またオフィス移転せなあかんやん。めんどくさ」

天井を見上げてボソリと呟《つぶや》く神々廻に。

「私の家から近いところにしよ」

何故かウキウキしたオーラを出し始める大佛。

ちなみにこの状況を作り出した篁は、相変わらず目を閉じている。

本当にとんでもない人たちだ。

「とりあえず解体屋呼ばなあかんな」

「だったらアパート建設に頼めばいいだろ。アパートさんならすぐ来るはずだ」

「神々廻さん、はい。電話貸してあげる」

「スマホ持っとるんやったら、お前がせえよ」

彼らの会話を聞きながら、シンはつくづく思った。

社会って、こんなに大変なものだったのか……と。

ヤンキー最強とかイキッていた昔の自分が、シンは恥ずかしくて仕方がなかった。

「それで続きなんだけどさ～」

「この状況で打合せ続行すんのかいな」

さすがに呆れる神々廻を無視して、南雲は続けた。

「シンくんに坂本くんからの伝言ね。試用期間中にこの新規プロジェクトをまとめたら、晴れて正社員として採用だって」

「マジすか⁉」

シンは喜びを隠せなかった。

それを見て豹がニヤリとする。

「ほう。そりゃ面白《おもしれ》ぇこと聞いたな」

「普通、取引先で発表することとちゃうけどな」

「そのほうが面白いかな〜って」

「えっと……頑張って、ね？」

せめてそこは疑問形じゃなくて普通に言ってくれよと思うシン。

ＯＲＤＥＲの面々を前に、前途多難な未来しか見えない。

けれどシンは必ず成功させてみせると心に誓っていた。


「シンのプロジェクト成功を祈って……かんぱ〜〜〜い！」

「何回目の乾杯だよ」

「なんだよ〜、めでたいことなんだから何度でも乾杯したいじゃないかよ〜〜」

「でも、まだこれからだからな」

「ちまちま細かいことは言いっこなしヨ！　とにかく飲むネ！」

この日、シンは飲みに来ていた。

会社から五分の小料理屋・佐藤田《さとうだ》。女将《おかみ》の佐藤田が作るお手頃価格な家庭料理が大人気の、ルー行きつけのお店である。

一緒にいるのは当然ながらのルーと、もう一人、同期の平助《へいすけ》だ。ついでに平助の相棒で鳥のピー助《すけ》も一緒にいる。

平助は入社時期がシンより少し早いので厳密に言えば先輩なのだが、年も近く、気の合う仲間というやつになっていた。

プライベートで一緒にサバゲーに行くほどの仲良しである。

平助は何故か顔に赤い的のタトゥーを入れている。その理由もいつか機会があれば聞いてみたいと、シンは思っていた。

まだ飲み始めて一時間と経っていないが、早くも平助とルーはほろ酔い状態で。

「けどよ、お前ほんとすげーな。あのＯＲＤＥＲと仕事ってよぉ～～～」

「ほんとネ。私、噂《うわさ》しか聞いてないけど、めちゃ危険な会社ってみんな言ってるヨ」

さっきから、何度もこの話をループしている。

シンも何度目かの、まったく同じ回答を口にした。

「まあな。けど、やるしかねぇ。正社員への道がかかってんだからな」

「ＯＲＤＥＲもだけど、あの南雲先輩についていけてんのもすげ～よな」

「そうかぁ？」

「オレも最初組まされたけど、マジで……うぷっ」

「ピッ、ピー！」

どんだけ酷《ひど》い目に遭ったのか、たちまち真っ青になってしまう平助。

「まあ確かに、あの人の仕事スピードと無茶ブリは……ヤバいけどな」

入社してから今日までの様子を思い出し、シンも顔をひきつらせた。

南雲は神出鬼没という言葉がピッタリの男である。

一緒に社内でお昼を取っていたかと思えば、五分後には「クライアントが今すぐデータ送ってほしいってさ～」と外から電話をかけてくる。そんな勢いだ。

「それだけじゃないヨ！　何度も何度も私のこと騙《だま》したネ！」

ビールをゴクゴク飲み干して、ルーはテーブルにジョッキを叩きつけた。

「騙すって、アレのことか」

南雲には妙な特技があった。

引くほど他人ソックリに変装ができるというものだ。

シンも一度引っかかったことがあるが、あまりのクオリティの高さに度肝《どぎも》を抜かれ、なんかもうこれで世界トップのイリュージョニストにでもなればいいのにと思ったものだ。

「ひどい男ネ！　今日だって社長のフリして……思い出したらムカついてきたヨ！　女将！　レモンハイ、大ジョッキで！」

ルーが叫ぶと、カウンターの奥からぴしゃりと声が返ってきた。

「ダメです」

「え、なんでヨ～！」

まさかの注文拒否かと思ってしょげるルーだが、女将はニコニコしながら漬物やら煮物やらの小鉢を出してくれた。

「お酒ばかりでは体によくないもの～。なので、これも一緒におあがりなさいな」

お酒を飲むときはつまみも一緒にが、小料理屋・佐藤田の絶対のルールである。

お通しで出される塩昆布キャベツを完食してからでないと、最初の一杯を注文させてもらえないという徹底ぶりだ。食物繊維をたっぷり摂《と》れば腸の動きも活発になって、二日酔いの予防にもよいという優れものなので、必ず食べるべしという教訓を掲げているのだ。

ルーは出してもらった小鉢を嬉《うれ》しそうにつつきながら、それでもまだ南雲の文句を言っていた。

「とにかく、あいつはたちが悪いネ。あれのせいで、お客さんに出すお茶をひっくり返したこともあるヨ！」

「オレなんて百円を落としちまってよ〜〜」

「ぷっ。アハハハハ！　平助の間抜けは南雲と関係ナイやつヨ〜！」

　と、突然ルーが笑い出す。

　――出たな、笑い上戸《じょうご》。

　ルーは大酒飲みで、その上酒癖が悪かった。

「うおぉぉ〜なんてひでーこと言うんだよぉぉ」

「ギャハハハハ！　平助はすぐ泣くネ〜。泣き虫平助〜」

「ルーお前、どこのガキの悪口だよ」

「お、オレは泣いてなんかねーかんなぁ！　ぐすっ」

「平助は平助ですぐ泣くのやめろ」

　ひと際騒がしくなったシンたちのテーブル。

　これ以上ルーにお酒を飲ませないほうがいいかもしれないと思い始めるシンだったが、ジョッキを手に女将がやってきてしまう。

「はい、お待たせ。レモンハイですよ」

「あっ、きたきたコレよ〜♡　焼酎二倍の特製レモンハイ♪」

「あらあら、一気飲みはいけませんよ？」

「わかってるヨ」

とか言いながら、心配そうな女将をよそにルーの口がジョッキから離れない。

「あっ、バカ！　言われたそばから！　お前、また二日酔いになるぞ」

「バカっつたかコラ〜〜〜〜ッ」

——今度は怒り上戸かよ！

そこへ運悪く、酔っぱらった他の客がヨロヨロとルーにぶつかった。

「おぉっと、悪いな、ねーちゃん」

「……あぁ？　随分はしゃいでんなぁ。うちのシマでよ〜〜〜」

ルーの目は完全に据わっていた。

——やべぇ。これは一番めんどいアレだ！

「なんだぁ？　わけわかんねーこと言ってやがるぜ」

連れと一緒にドッと笑うスーツの男。

そんな男たちを、ルーは鼻で笑い返した。

「ッフ——……。マフィアも舐《な》められたもんだなァ。うちのファミリーに喧嘩《けんか》売っといて、タダで帰れると思うなよ」

　思った通り、マフィア上戸が出てしまったようだ。

「お、おい！　ルー！」

　ジロリとルーがこちらを向く。

　その圧に、思わず下手に出てしまうシン。

「る、ルー……さん。ここはやめておいたほうが……」

「あぶねーから、シンはここで待ってナ」

　そう言って、ルーが太極拳《たいきょくけん》の構えを取った。

　実はルー、師範代の資格を持っているほどの使い手で、酔拳《すいけん》もマスターしているとかいないとか。

　とにかくこうしちゃいられないと、シンは慌てて平助に言った。

「平助！　止めんぞ！　このままじゃあいつ――」

「ひゃくえん……オレの……ぐー……」

「ピィ……スピィ……」

「うぉい！　寝てんのかよ！」

　仕方なく、シンは自分がぶん殴られる覚悟で間に入ることにした。

そこへ。

「あらー？　シンくんとルーちゃんじゃない～」

ニコニコ顔で店に現れたのは、なんと葵である。

「どうかしたの？　ケンカ？　ダメよ？　そんなことしちゃ～」

――た、助かった！

葵が相手ならルーも無茶はしないはずだ。

「ふ……ふぇぇぇええん。ごめんなさいぃぃぃ。私が悪かたヨぉぉ」

たちまち泣き上戸に変わるルー。

さらにカウンターの奥から「続けるなら黙っていませんよ」と女将の声。

店の絶対的ルールは女将であり、彼女の言いつけを破ろうものならば強制退場も辞さないという猛者《もさ》であることを、この店に通う者ならたいてい知っている。

そこでようやく男たちはバツが悪そうに去っていき、シンはほっと息をついた。

「すんませんっす。俺じゃ、対応しきれなくて」

「ふふ、いいのよ～。シンくんじゃ持て余しても仕方ないものね。ここでルーちゃんが中年男性を暴行☆　なんてニュースになっても会社が困るし。私は困らないけど♪」

「え？」

あまりに葵らしくない発言に、シンはポカンとした。

「あらどうしたの？　鳩《はと》がリーゼントのヤンキーにガンつけられました、みたいな顔してるわよ？　ほらもう平助くんとルーちゃんを担いでお店の外に捨てていきましょ」

その笑顔こそいつもの葵だが、明らかに言っていることがおかしくて。

シンはハタと気がついた。

「あんた南雲だろ。何やってんだよ」

腹立たしさに、相手が会社の先輩だなんてことも吹っ飛んでいた。

「あれっ、バレちゃった～。正解。僕でした～」

一瞬にして葵が南雲の姿に変わる。いや、戻る。

それを見て、「また騙されたぁ」と泣きながら南雲をぽかぽか殴るルー。

「いたた。ひどいな～、助けてあげたのに～」

そんな二人の様子にシンはあらためて思った。

東京って、社会って、ほんと変わったやつらがいっぱいいるんだな……と。

酔いつぶれたルーと平助をタクシーに詰め込んで、シンは一人飲み直していた。

場所は会社近くの、バー・シネマ。

趣味でフィルム映画を撮っている、京《カナグリ》というマスターが一人で切り盛りする店だ。映画の知識は確かだが、語り出すと止まらないのが若干面倒臭い。その点さえ目を瞑《つむ》れば、お店の雰囲気もお酒の味も間違いのない店だった。

ちなみに南雲はいつの間にか消えていた。

「マスター、次、〝痛みには二種類ある〟で頼む」

シンが口にしたのはカクテルの名前。

この店では、全てのカクテルに映画のセリフや撮影地、はたまた俳優の名前が付けられていた。完全に京の趣味である。メニューからはどんな味のカクテルが出てくるのかわからないところがまた、面倒臭くも面白かったりする。

「青年。今夜は飲み過ぎのようだな」

マスターはシェイカーにリキュールを入れつつ、そう言った。

「まあ、ちょっとな」

シンは明日から始まる正社員登用に向けての〝戦い〟を前に、正直緊張していた。

その緊張をほぐすのに、もう少しお酒の力を借りたかったのだ。

「ん～いい表情だ。カタストロフィを思わせる目！　その中に光るほんの少しの希望！　ぜひともフィルムに収めたい！」

——相変わらず何言ってっかわかんねぇな、この人。

ははは と笑って、出されたカクテルグラスをかたむける。

なかなかパンチのある味だった。マスターがペラペラとしゃべり続けているが、ほとんど頭に入ってこなかった。

シンは、怖気《おじけ》づいても仕方ねぇかと考えていた。

——死ぬ気でやりゃなんとかなるだろ！

たった一人で敵対する高校に乗り込んで、片っ端からヤンキーたちをぶん殴った日々を思えばなんとでもなる気がした。

——とっとと正社員になって、坂本社長に礼を言わねーとな！

正社員になることはもちろんながら、シンは、まだ一度も顔を合わせたことのない坂本社長に会うのを楽しみにしていた。


翌日からシンの業務は多忙を極めた。

ＯＲＤＥＲとの契約内容を詰めたり、製粉工場を探したり。

ちょっと特殊な機械を導入している工場が必要ということで、これがかなり難航した。

——これってうちがやることなのか？

と、思わなくもないシンだったけど、企画提案BYサカモト商事だから仕方ない。

工場探しと並行して、シンは何度もORDERに通った。

その間、大佛にみんな出かけていると嘘《うそ》をつかれること四回。

豹とつかみ合いギリギリの言い争いをすること十回。

神々廻に淡々と進捗について詰められること毎回。

書面の不備を見咎《みとが》められ篁に抜刀されること……三回。

さすがのシンも、何度も心が折れそうになった。

けれどもシンは歯を食いしばって仕事に取り組み続けた。

ここで諦めるなんて絶対に嫌だった。

事件は——そんな中で起きた。


「あ～ダメだ。どうしても見つかんねぇ」

屋上の喫煙所でシンがため息をこぼす。

就職を機にやめたタバコだが、最近はすっかり復活していた。

「例の製粉工場の件か？」

肉まんをかじりながら、心配そうな顔をする平助。

小ぶりな肉まんはルーがおやつにと作ってきたものである。

シンもひとつどうだと勧められるが、なんだか食欲がない。

そんなシンを見て、平助の肩《かた》に留まるピー助までもが心配気に顔をかたむけていた。

「片っ端から電話かけてんのに、全部断られちまう」

「そうなのか……なんかオレらでも手伝えることあるか？　手分けすりゃ少しは——」

「いや、これは俺の仕事だからな。俺がやんなきゃいけねぇんだ」

「でもよ、試用期間が終わるまであともう三週間くらいだろ？　もし、もしよぉ……期限までに間に合わなかったら……」

平助の言葉が萎《しぼ》んでいってしまう。その背中を、シンはバシバシと叩いた。

「オメー、縁起でもねぇこと言うな！　ぜってー間に合わせてみせる」

「……そうだよな！　シンはすげーやつだし、きっと大丈夫だよな！」

「お？　おう」

シンは照れくささを誤魔化すように、二本目のタバコに火をつけた。

「プロジェクトが成功したら、またサバゲー行こうぜ！　実は新しいライフルを買ってよぉ」

さっきとは打って変わって、嬉々とした様子を見せる平助。シンも調子を合わせて明るい声を出した。

「そりゃいいな。帰りの温泉と酒代は平助もちな」

「お……おーう！　任せとけ！　好きなだけ飲ませてやるからよ！」

「嘘に決まってんだろ。万年金欠のくせに。ワリカンでいい」

「お前、いいやつだよなぁぁ！」

「泣くなっつーの」

そう言って、笑いながら立ち上がったシンだったが内心はかなり焦っていた。

――マジでこのまま見つからなかったらやべぇな。けど、平助だって自分の仕事があんのに、こっちに付き合わせるわけにはいかねぇし。

自席に戻って盛大なため息をひとつ。

――これ以上電話するとこなんて……ん？

そこでようやく、覚えのないクリアファイルの存在に気づくシン。

ファイルを手にしたシンは息を呑《の》んだ。

そこにはなんと、シンのリストにはなかった工場の一覧が記されていたのである。

貼りつけられた付箋のメモには「坂本社長からよ！」と葵の文字が書かれていた。

――マジか！

まさに天の助けである。

俺の仕事だなんて平助にはかっこよく言ったけど、正直涙が出そうなほどありがたい。

へこたれそうなシンだったが、すっかりやる気を取り戻していた。

――よっしゃ、電話かけまくるぜ！

その矢先、南雲が廊下から顔を覗《のぞ》かせた。

「あ、いたいた～。神々廻から契約書のドラフト、不備返却だよ～。修正箇所、説明するから会議室集合ね」

「今から、すか」

「だって僕すぐ外出だし。嫌なら一人でやる？」

「～～～すぐ行きます」

ひとまず電話は後回しだと、シンはクリアファイルをデスクに戻し会議室へと走った。

なんだかんだと書類仕事に時間を割かれ、気づけば終業時間が近づいていた。

――やっと電話できる。いやこの時間じゃ無理か？　でも少しくらいは。

ぐったりしながら例のリストを確認しようとして、シンは青ざめた。

――な……い？

そんなバカなとデスクの上の書類の山をひとつひとつ確認する。

――やっぱりない。なんでだ？

決裁関連の書類を放り込んでおいたトレーも確認したが、見当たらない。

「何をガサゴソしてるネ？　また書類でもなくしたアルか」

「いや、ちょっと……」

向かいの席で、ルーが怪訝《けげん》な顔をしている。

シンは必死に記憶を辿《たど》った。

南雲と会議をしたあと、席に戻った時には確かにあったはずだ。

さらにその後、急いでメールしなきゃいけなかったり、データをまとめなきゃいけなかったりで、とりあえず端に避《よ》けておいたんだっけか。

デスクの上は大量の書類にまみれてグチャグチャで、シンは電話をしながら「すまん。これ、捨てておいてくれ」とルーに書類を渡したことを思い出した。

シンは恐る恐る、ルーに聞いた。

「ルー、お前、さっき渡した書類って……」

「シュレッダーしたヨ」

「そう……だよな」

「何辛気臭い顔してるネ～。まさか間違えて大事な書類を挟んでたとか言わないよナ～」

ケラケラ笑うルーに、シンは何も言えなかった。

「図星ネ⁉」

「俺、探してくる！」

「ま、待つネ！」

慌てて立ち上がったシンを止めるルー。その顔が、ものすごく申し訳なさげである。

「細かくなた書類を集める気かもしれナイけど、きっと無理ヨ。も、もう一度印刷するなりして、それでっっ」

「それができるならとっくにやってる。あのリストは、あれしか……」

せっかく社長がくれたリストを失《な》くしたなんて、とても言えそうになかった。

「でで、でも……」

「お前を責めてるわけじゃねぇよ。俺が一人でやっから気にしなくていい」

「ち、違うネ！　そうじゃなくて……」

ルーは泣きそうな顔をしていた。

「シュレッダーのゴミ、さっき地下のゴミ捨て場に放りなげてきたとこヨ」

――マジか。

ルーの案内で紙ゴミの収集所へとやってきたシンは、目の前に広がる光景に膝《ひざ》から崩れ落ちそうな気分だった。

袋いっぱいの紙ゴミが山のように積まれていたからだ。

「これ……全部シュレッダーのゴミかよ」

「わ、私がさっき置きに来た時より増えてるネ……」

とにかく、山の中から袋のひとつを手に取ってみた。

パンパンにふくらむゴミ袋に、いっそ絶望したくなるシン。

それでもやっぱり諦めるわけにはいかなくて、シンは腹をくくった。

「……ルーは戻れよ。そろそろ定時だろ?」

「えっ、まさか一人で探すつもりネ⁉」

「仕方ねぇだろ。元々俺のミスだし」

「で、でも」

「だってお前、どんな書類か知らねぇじゃん」

その言葉に、ルーはぐすんと鼻を鳴らしその場を後にした。

「はぁ……やるしか、ねぇよな」

砂漠で砂金を探り当てるような書類探しの開始である。

書類を探し始めて、かれこれ一時間。

探せども探せども、リストらしき紙の破片は見つからない。

お腹は空《す》いたし目はかすんでくるし、そろそろ頭も働かなくなってきていて。

なんでこんなことやってるんだっけ？　と、シンは人知れず首をひねっていた。

「なんか……やっぱ向いてねぇのかな。普通の会社」

思わず弱音がポロリと出てしまう。

すると。

「誰かいるのか」

突然声がして振り返ると、そこには掃除のおじさんが立っていた。

「あ……どもっす」

「もうすぐ、閉める時間だ」

シンは驚いていた。

あの無口なおじさんがしゃべっているという事実に。

――この人、こんなしゃべり方すんのか。

なんて、思わずのん気なことを考えた。

「わかったら、出ろ」

「あっ、いや、そうもいかなくて。すんません、もう少し探させてください」

おじさんはしばしシンをじっと見て、それから聞いてきた。

「……何を探してる？」

「その……間違ってシュレッダーしちまったリストがあって……製粉の工場の……」

「ゴミは、出したばかりか？」

「はい。だから、この辺の、手前のだけでも探させてください」

「わかった。どいてろ」

「え？」

気の抜けてしまったような状態のシンに構わず、おじさんはすぐさま一番手前にあった袋を開封し、中身をキレイに並べ始めた。

ただの細い紙屑《かみくず》が、みるみる書類の形に戻っていく。

その手つきはまさに千手観音《せんじゅかんのん》のごとし。

それらしい書類がないと見るや、これまた疾風《はやて》のごとき速さで中身をキレイに袋に詰め直し、ゴミ山の上へと放り投げるおじさん。

そして二袋目へ。

——す、すげぇ。この人、いったい……！

シンが呆然《ぼうぜん》と見つめる中、おじさんはすでに二袋目どころか三袋目を終えて、次なる袋に手を伸ばしていた。

そして七袋目。

そこでようやくおじさんの手が止まった。

「あった」

その声に慌てて駆け寄るシン。

そこには確かに社長がくれたリストがあった。

「これっす。これっす！　はぁぁぁ、良かったぁ！」

「そうか」

おじさんがこともなげに言う。

気づけば、不要な紙屑はやはりキレイに袋に戻されていた。

「書類は見つかった。ここは閉める」

「は、はい」

見つかったリストの紙屑を大事に抱えておじさんのあとにつく。

一階に上がったところでおじさんが「じゃあ」といなくなろうとするのを、シンは咄嗟《とっさ》に引き止めた。

「缶コーヒーとか、どうすか」

おじさんは少し考える素振りを見せて「カップラーメン」と呟いた。

社内の自販機で缶コーヒーとカップラーメンを買って、二人は屋上へとやってきた。

——つうか、カップラーメンの自販機があるとか、気づかなかったぜ。

どうも坂本社長がカップラーメン好きなことに由来しているようだ。ちゃんと給湯口までついている優れものである。

誘った手前何かしゃべらなきゃと思うものの、どうしてよいかわからずシンはソワソワしていた。

とりあえず缶コーヒーに口をつけるシン。

今日の疲れた体に、甘いコーヒーがよく染みた。

「仕事……辛《つら》いのか」

「え？」

「さっき、言ってたろ」

「いや、あれはちょっと弱音というか……」

まさか聞かれていたとは思わず恥ずかしさがこみ上げる。

だけど、半分くらいは本音なのも事実だった。

自分がサカモト商事に……もっと言えば普通の社会にちゃんと馴染《なじ》めているのか、シンにはまだ自信がなかった。

ヤンキー時代のあれやこれやに比べれば大したことないだろうなんて、甘い考えもいいところだったと反省もしていた。

「俺、ここにいていいんすかね。なんか今、お荷物っていうか」

「会社は家族。頼るのは悪いことじゃない」

その言葉にシンがハッとする。

正社員登用がかかった仕事なんだから、シンは一人で責任を負うべきだと考えていた。

そんなシンに、おじさんはさらに言った。

「お前一人に手を貸せないほど、みんなヤワじゃない」

その言葉は、甘いコーヒーみたいに心に染みた。

――手伝ってくれって、言ってもいい……のか……？

思えばルーも平助も、ずっと心配してくれていた。

社長命令とはいえ、南雲ですらシンをＯＲＤＥＲに紹介してくれたではないか。

おじさんだって、一生懸命書類を探してくれたのだ。

——そうか。これが会社ってもんなのか。

「ありがとうございます。俺、なんかちょっとわかったような気がしたッス！」

目の覚めた思いで、おじさんを見つめるシン。

おじさんは、汁が飛び跳ねる勢いでカップラーメンを啜《すす》っていた。

「うまい」

ズルズルとカップラーメンを啜りあげる音が、屋上に響き渡る。

シンの肩からストンと力が抜けていった。


営業部に戻ると、ルーと平助がシンの戻りを待っていた。

二人とも、シンが心配で気が気じゃなかった様子である。

なんとか書類を取り戻したことを報告すると、ルーはダバダバ涙を流した。

ルーなりにものすごく責任を感じていたようだ。

「二人とも、悪かったな。巻きこんじまって」

「うえぇぇぇ、シンは悪くないよ〜〜〜！　ちゃんと確認しなかった私のせいネ！」

「おいやめろ、鼻水つけんな！　お前のせいじゃないから、もう泣くな！」

ズルルルルル

「とにかく、これで安心だな。よくわかんねーけど、大事なもんだったんだろ？」

「……ああ。それでよ、その……」

あらためて自分から言うのはなんともこっぱずかしかったが、シンは意を決して二人に頼んだ。

「もうちょい、巻きこんでもいいか？」

「おおっ！　オレもルーも、いくらでも手伝うぞ〜！」

「うん！　うん！　私も頑張るヨ！」

終わったらまた小料理屋・佐藤田で祝杯を挙げよう。三人はそう約束した。


それから三人で力を合わせ、色んな所へ電話する毎日が続いた。

試用期間終了まであと一週間。

ようやく工場が見つかったのは、そんなギリギリのタイミングだった。

「本当カ⁉　製麺《せいめん》、してくれるネ⁉」

ルーの興奮ぶりを見て、シンがすぐさま電話を替わる。

聞けば、つい最近導入したばかりの製麺機が、まさに条件にピッタリだというのだ。

工場は、郊外に建つ朝倉製粉工場。

シンはすぐさま資料を持って、そこへと向かうことにした。

「ああっ、待つネ！　まずは社長に言ってから――」

「そっちは平助たちに任せる！　同時に動いたほうがいいだろ」

「おい、シン！　せめてどっちか一緒に……！」

二人はやけに心配そうな顔をしたが、居てもたってもいられなくて。シンは会社を飛び出していた。


――な……何がどうしてこうなった？

電車を乗り継ぐこと約一時間。

朝倉製粉工場に足を踏み入れたシンは今、いかにもチンピラ風の男たちに囲まれている。

戸惑うシンの前に、ボスゴリラ面の男がやってきた。

「恨むなら、てめーんとこの社長を恨みな」

そう言いながら、ニヤニヤ笑ってシンの鞄を取り上げるボスゴリラ。

「あっ、てめぇ、返しやがれ！」

「いいから黙ってろ。大人《おとな》しくしてりゃ、てめぇは無事に帰してやるからよ」

状況はサッパリわからないが、シンには確信があった。

——無事に解放なんてされるわけがねぇ。
みんなして拳《こぶし》をパキポキ鳴らしたり、タコ殴りにする気まんまんじゃないか。
こいつはやばいと思いつつ、シンはどこか懐かしさも感じていた。
——こんなクソみてーな状況、ヤンキー時代以来だぜ。
一気にアドレナリンが分泌される。
とりあえず、何があっても鞄だけは取り返さなければ。
そう決めたところで、ボスゴリラが言った。
「軽く遊んでやれ」
それを合図に、わっと飛び掛かってくる男たち。
——くそが！　せめてタイマンにしやがれってんだよ！
一斉に迫りくる男たちを前に、シンは思わず身をかがめた。
その時だった……！
ぶわっと、体を包むように風が吹き、それから男たちの悲鳴が相次いで聞こえてきた。
——な、なんだ？
恐る恐る目を開けたシンは驚愕《きょうがく》した。
男たちが全員吹っ飛ばされているではないか。

その中心に立っているのはボスゴリラ、ではなくて――。

「掃除の時間だ」

ぽよんと突き出たお腹を作業着に包んだ丸いメガネのおじさんが、片っ端から男たちをなぎ倒していた。


男たちの制圧は驚くほどあっけなく終わり、事態はアッサリ収束した。

後からわかったことだが、どうもこの男たち、サカモト商事のライバル企業が送り込んできたチンピラだったようだ。

シンが進めていた新規プロジェクトを潰そうと、汚い手に出たらしい。

ヤンキー同士の喧嘩じゃあるまいし、そんなバカなと思うなかれ。サカモト商事の業績の良さを妬む企業のこうした嫌がらせは、時々あるらしい。

――だからルーと平助があんな止めたのか。

と、納得するシン。

ちなみに、黒幕の会社はすでに南雲が突き止めているのだとか。

――どんな目に遭わされんだろうな、その会社。

笑顔の南雲が頭に浮かび、シンは他人事《ひとごと》ながら思わずぶるっと体を震わせた。

工場の朝倉社長も無事だった。

サカモト商事に関わろうとしたせいでこんな目に遭ったというのに、朝倉社長は快く契約も結んでくれた。伸ばしっぱなしの髪を適当に結んだ髭面《ひげづら》の朝倉社長は、その怪しげな風貌とは裏腹にいい人で。お互い偶然にも苗字《みょうじ》が同じということで、シンはすっかり気に入られたようだ。ありがたさに涙が出る思いだった。

「ところでなんすけど……」

全てが丸く収まった帰り道。駅へと向かって歩きながら、シンはずっと気になっていたことをおじさんに聞いてみた。

「なんで……助けに来てくれたんすか？」

その質問に、しばらく黙っていたおじさんがポツリとこぼす。

「報告が、あった」

——報告？　それって……。

ルーと平助は社長に報告すると言っていたはずだけど……。

ピタリ——と、シンが足を止める。

「っ……ま、まさか……いや、まさかすよね⁉」

そう言いつつも、思い当たることが多すぎた。

むしろ、どうして今まで気づかなかったのか。シンはダラダラ汗をかき始めた。

「……もしかして坂本社長、なんすか」

それには答えず、足を止めたおじさん――もとい坂本がスッと何かを差し出してくる。

「えっ、これって……？」

『月給十七……十七万五千円……残業手当て無……アリ』

――え？

差し出されたのは社員証だ。それを受け取る時、無言のはずの坂本がなんと言ったかわかったような気がした。

シンの、正社員登用が決まったらしき瞬間である。

それにしても……と思うシン。

――坂本社長って、いったい何者なんだ？

社長なのに毎日掃除ばっかりしてて、だけど業績は右肩あがりの敏腕《びんわん》社長で、おまけにどうやら腕《うで》っぷしがとんでもなく強い。

謎が過ぎるにもほどがある。

だけど。

——坂本社長の正体がなんでも関係ねぇ。俺の恩人で、俺が目指すべき人だ！

シンは心から、こんな男になりたいと思っていた。


その後、シンはＯＲＤＥＲとの厳しい交渉を乗り切り、見事坂本が望むカップラーメンの復刻を果たした。

それを皮切りにサカモト商事はますます業績を上げていく。

坂本のような男を目指すと決めたシンがこの会社で目覚ましい活躍を見せるのはまた、別のお話である。

あとがき

いつかサカモトのキャラの、
僕が知らない一面や知らないエピソードを
覗いてみたいと思っていました。
今回小説版でそれを実現していただいて、
とても新鮮でワクワクしました！
岬れんか先生、読者の皆さま、
ありがとうございます！

あとがき

この度は、「SAKAMOTO DAYS　殺し屋のメソッド」をお手に取っていただき、ありがとうございます！

ノベライズを担当させていただきました、岬れんかと申します。


本書を読んでくださった読者のみなさまと同じように、私は毎週月曜日をワクワクしながら待っている民です。

今週はどんな展開になるのか、どんなバトルが繰り広げられるのか、あの世界を生きるみんながどうなってしまうのか――！

楽しみで、楽しみで、楽しみで……。

読みだすと一瞬で終わり、また翌週を心待ちにしている……読者の一人です。

なので、「SAKAMOTO DAYS」のノベライズを担当させていただけると連絡をいただいた時は喜びと緊張で震えました。今も震えています。

こんなにも素晴らしい機会をいただき感謝しかありません。

凄まじいアクションシーン満載の原作とはまた少し異なる視点で書かせていただきましたノベライズ版の世界、楽しんでいただけましたら幸いです。


本書の執筆に際しまして、鈴木先生には週刊連載で大変お忙しい中、企画・プロットの段階からしっかりと監修していただき本当にありがとうございました。お洒落で最高にかっこいい表紙と挿絵には涙が出ました。

重ねてお礼申し上げます。


最後になりますが、担当の六郷様、j-BOOKS編集部の皆々様、ジャンプ担当の石川様、校正をご担当くださった株式会社ナートの塩谷様・佐藤様、この本の制作・出版に携わってくださった多くの方々、そして本書を最後までお読み下さった読者のみなさまに心より感謝申し上げます。

今後もみなさまと一緒に「SAKAMOTO DAYS」を応援させてくださいませ……！

岬れんか

■初出
SAKAMOTO DAYS　殺し屋のメソッド　書き下ろし

[SAKAMOTO DAYS] 殺し屋のメソッド

2023年4月9日　第1刷発行
2024年11月30日　第3刷発行

著　者／鈴木祐斗 ◉ 岬れんか

装　丁／バナナグローブスタジオ

編集協力／株式会社ナート

担当編集／六郷祐介

編集人／千葉佳余

発行者／瓶子吉久

発行所／株式会社　集英社

〒101-8050　東京都千代田区一ツ橋 2-5-10
TEL　03-3230-6297（編集部）
03-3230-6080（読者係）
03-3230-6393（販売部・書店専用）

印刷所／中央精版印刷株式会社

Printed in Japan　ISBN978-4-08-703532-2　C0293

検印廃止